文春文庫

くっすん大黒

町田 康

文藝春秋

目次

くっすん大黒

くっすん大黒

1

もう三日も飲んでいないのであって、実になんというかやれんよ。ホント。酒を飲ましやがらぬのだもの。ホイスキーやら焼酎やらでいいのだが。あきまへんの？　あきまへんの？　ほんまに？　一杯だけ。あきまへんの？　ええわい。飲ましていらんわい。飲ますな。飲ますなよ。そのかわり、ええか、おれは一生、Wヤングのギャグを言い続けてやる。君がとってもウイスキー。ジーンときちゃうわ。スコッチでいいから頂戴よ。どや。滑って転んでオオイタ県。おまえはアホモリ県。そんなことイワテ県。ええ加減にシガ県。どや。松にツルゲーネフ。あれが金閣寺ドストエフスキー。ほんまやほんまやほんまマヤコフスキー。どや。そろそろ堪忍して欲しいやろ。堪忍して欲しかったら分かったあるやろな。なに？　堪忍していらん？　もっとゆうてみいてか？　毒性なおなごやで。あほんだら。どないしても飲まさん、ちゅうねんな。ほなしゃあないわ。寝たるさかい、布団敷きさらせ、あんけらそ。

などと、家の中には誰もおらぬというのに、ぶつぶつとかかる無意味な独り言をいうはめになった、そもそもの根本の原因は、この顔である。というのは実は、自分はもと、たいへんな美男であったのである。ところが、三年前のある日、ふと、働くのは嫌だな、毎日ぶらぶら遊んで暮らしたいな、と思い立ち、思い立ったが吉日、ってんで、その瞬間から仕事を辞め、それからというもの自分は、くる日もくる日も酒を飲んでぶらぶらしたのであるが、また別のある日、ただ、ぶらぶらしているのも芸がない、なにか、無心になって打ち込めるもの、いわゆる趣味をもとう、と思い立ち、たまたま、朝刊に挟まっていたチラシを見て、写経を始めたの。ところが、やってみるとこれ、なんだか気が滅入るばかりで、ちっとも楽しくない。しかし、まあ人間辛抱が肝心だ、と、二時間ばかり歯を食いしばって頑張ったにも拘らず、やはり駄目で、しょうがないので写経はよして、趣味なんて考えた自分が馬鹿だった。やはり、なにもしないのが一番だと、反省し、この三年というもの、毎日、酒を飲んでぶらぶらしていたのである。

ところが三、四日前、たまには顔でも洗ってみるか、と、洗面所の鏡を見ると、そうしてたくさんに召し上がったお酒のせいで、かつて、紅顔の美少年、地獄の玉三郎などと称揚された自分の顔が、酒ぶくれ水ぶくれに膨れ上がり、瞼が垂れ下がり、頬と顎のあたりには袋様に脂肪がつき、膨れた顔の中心に目鼻がごちゃごちゃ固まって、なんとも浅ましい珍妙な面つきとなり果てているのである。なんとも面白い顔であるよなあ。まるであの大黒様のようだ。はは。と、しばらく鏡を見て笑っていたのであるが、やがて自分は、いままでまったく訳が分からないでいた、昨夜、ぷい、と家を出て行ったきり帰ってこないという妻の奇怪な行動の意味を勃然と悟ったのである。自分だって四六時中、こんな面白い顔を見て暮らすのは嫌だ。だって、つい、笑ってしまって真面目なことを考えることが出来ないではないか。妻だってきっとそうに違いない。もともとあの女は、いたって生真面目なところがあったのだもの。なるほど、やっと分かった。

と、ここまでは謎を解明できてよかったのだが、問題なのはその後で、どうも寂しいのである。なにかこう、虚しいのである。つまり、妻の餓鬼、出て行くならあっさり出て行けばいいものを、現金、通帳はいうに及ばず、宝石、株券等、金目のものを洗いざらい持ち出してしまったのである。いうまでもなく、自分はぶらぶらしていたので現金の持ち合わせは一切これ皆無で、その都度必要の折、ったって、自分は、ぶらぶらしているだけだから大金が必要になることは滅多にない、はは、子供だね、五百円千円と妻にもらっていたのであって、妻が出ていったいま現在、ただの百円も持っていない。ところが習慣というものは恐ろしいもので、この時刻になると、いっぱい飲みたくてたまらず、苛々と心落ち着かず、大変に切ない気分で、まだ世間は明るいというのに、ボミットオンザ布団、なんてなことになり果てたのである。

寝転がっては見たもののちっとも眠くならないうえ、おまけにむかむかと怒りがこみ上げてくる。というのも、自分は、ぶらぶらするばかりでなく、寝床でぐずぐずするのも好む性分なので、枕元周辺にはいつも、生活用具一式、すなわち、ラジカセ、スタンドライト、湯呑、箸、茶碗、灰皿、猿股、食い終わったカップラーメンのカップ、新聞、シガレット、エロ本、一升瓶、レインコートなどが散乱しており、それらに混じって、いったい、なぜ枕元周辺にそれがあるのかよく分からないもの、すなわち、ねじ回し、彩色していないこけし、島根県全図、うんすんかるた、電池なども散乱しているのであるが、そのよく分からないものの中に、五寸ばかりの金属製の大黒様があって、先前からむかついているのは、この大黒様、いや、こんなやつに、様、などつける必要はない、大黒で十分である、大黒のせいなのである。

なにしろこの腐れ大黒ときたらバランスが悪いのか、まったく自立しようとしないのだ。最初のうちは自分も、なにしろ大黒様といえば、福や徳の神様だし、ああ大変だ大黒様が倒れてなさる、といちいち起こしてさしあげていたが、何回起こしてやっても、いつの間にか小槌側に倒れていて、そのうえふざけたことに、倒れているのであるから当人も少しは焦ればいいものを、だらしなく横になったままにやにや笑っている、というありさまで、全体、君はやる気があるのかね、と問いただしたくなるような体たらくなのである。

いや、なにも自分とて、拵え物の大黒が自分で起きあがるとは思っておらぬが、そのにやにや笑いというのが、実に不愉快きわまりないへらへらぶりで、これが拵え物であるということは重々承知しているにも拘らず、もう、腹が立って、腹が立って。それゆえ、見る度、こんなふざけた大黒を誰が家に置いておくものか、必ず廃棄処分しよう、と心に誓うのだけれども、どういう訳か自分は、酒を飲みだすといろんなことを忘れてしまうらしく、そのうち酔っぱらって寝てしまい、翌朝、目が覚めたときには、起きあがるのも億劫なくらいのがんがんの宿酔で、大黒を捨てる気力などとうていわかぬ、というパターンで、今日まで放置してきた。しかし、今日という今日はもう勘弁ならぬ。捨てよう、大黒を。自分は、大黒を捨ててこます。

がばと起きあがって大黒をひっつかむと台所までいき、流しの下の二つ並んだごみ箱のうち、燃えないゴミというシールの貼ってあるごみ箱の蓋を開けようとしてはたと迷った。というのは、この不届きな大黒を燃えないゴミとして捨ててしまっていいものであろうか、これはむしろ粗大ゴミに分類されるのではないだろうか。という疑問が胸中を去来したからである。そこで自分は、いまや物置と化したかつての仕事部屋に数カ月ぶりで立ち入り、段ボール箱、衣装ケース、MIDI機器、中山式快癒器、などの他愛のない荷物をかき分けて、やっとこさSM雑誌の下から、平成五年度版市政ガイドという冊子を引っぱり出して台所に立ち返り、生活・環境・ゴミの出し方というページを開いてみた。ところが、不燃ゴミについての、燃えないゴミ、燃やすことが不適当なゴミという定義はあるものの、粗大ゴミについては、電話による申し込み制、とあるばかりで、その明確な定義は見あたらぬのである。

ままよ、不燃ゴミとしてゴミ集積場に出すか。しかし、もし万が一、ゴミを集めて回る人が、「馬鹿にしてやがら、こんな粗大ゴミを不燃ゴミで出しゃあがって。こんなもん持ってけるかよ、べらぼうめ」と思って、回収してくれなかった場合、ゴミ集積場には、いつまで経ってもこの馬鹿大黒が寝そべっているのであり、それをめざとく見つけた近所の主婦Aが、「いったい誰がこんなものを出したんざましょう。人騒がせな」というと、今度は主婦Bが「きっと、あの人よ、ほら、あの楠木さん」といい、主婦A、Cは一斉に「ああ、やっぱり」といい、続けて「なんだか気味の悪い人よね、昼間から酒臭い息でぶらぶらして。ねえ」といって、「楠木さんってきっと強姦とか人殺しとかしてるわよ、あの目つきは絶対そうよ」「ほんとに物騒ね」「ほんとにぺしゃんこ」などということになり、家の塀には、人殺しは町内から出て行け、などと張り紙され、石つぶてが雨霰と飛んでくるようなことにならないとは限らないのである。

じゃあひるがえって、粗大ゴミとして出せばいいか、といえば、市政ガイドによれば粗大ゴミを捨てるには、清掃センターなるところに電話で申し込み、当該のゴミに清掃センター連絡済みという札を貼ったうえ、ゴミ置き場、道路には出さず自宅の敷地内の道路に面したところに保管して置かねばならず、また、粗大ゴミは、あくまで申し込み制で、受け付け順に収集するので、日時の指定はできぬというのである。これは、この極道な大黒を門前に開陳しておけ、ということであって、いうなれば満天下に恥をさらしておくようなものである。さすれば、また主婦達は、「まあ、なんて大黒かしら。そういえば、楠木さんの御主人、この大黒とそっくりだわ。きっと馬鹿か変態なのよ」「こんな大黒をこんなところに置いておくなんて、いったいどういう神経なんでしょう」「ママ、変な人形があるよ」「しいっ。タカシ君もお勉強しないと、楠木のおじさんみたいになるのよ」などと噂して、やはり自分は、いわれのない迫害と差別を受けるに決まっているのであって、それも困る。

考えあぐねたあげく自分は、ついに法を犯す決意をした。つまり、このたわけきった大黒を、どこか適当なところ、例えば、空き地、遊休地、雑木林、人気のない公園、ビルとビルの間の路地などに、不法投棄してしまおうと考えたのである。

2

古新聞に大黒を包んで日和下駄を履き、大黒面をぶら下げてよちよち表に出た自分は、なんとなく駅の方にぶらぶら歩き出した。ここから駅までは、徒歩で約三十分。その間に、大黒の捨て処を見つければよい、と考えたからである。

駅へ続く道はだらだらした下り坂、久々に表に出てみると、陽射しはとても眩しく、街路樹、ちゅうの？　ポプラの木ィが植わってあっさあ、青い空によく映える。あはは。と、いい調子で、大黒のことをしばし忘れ、快活に歩むうち、自分は、右手に古本屋を発見した。ぜんたい自分がこんなことになってしまったというのは、この大黒面もさることながら、駅から自宅までの間に書物を扱う店が皆無であるということも重要なポイントで、仕事があって電車に乗って出掛け、仕事を済ませて帰宅する途次、もし書店があればなにか書物を購入して教養を高め知識を積むことができたはずで、そういう教養・知識があれば、多少、酒を飲んでぶらぶらしたからといって、こんな阿呆面にはならなかったはずである。つまり、断じてこんなところに古本屋はなかったのであって、この古本屋は新規開店の古本屋であると推測されるが、今頃になって開店したってもう遅い。いま現在、こんな顔になってしまっているのだから。って、とにかく自分は、新規開店とはいえ、資金量に余裕がなかったのであろう、民家を改造したらしいその古本屋の木枠のガラス戸を開けて、中に入ってった。

店土間の中央と左右の壁面に書架があり、それぞれ手前に戸板が渡してあって、三冊五十円のカバーのない文庫本、ゴルフ、スキューバダイビングなどの上達法を記した実用書、娯楽小説、古い映画雑誌、学童用の地図帳、エロ本など、汚くてじゃりじゃりするようなのが、雑然と並べてある。正面の奥は六畳一間で、そこが帳場を兼ねているのであろう、赤いスウェーターの肥満した五十がらみのおばはんが、卓袱台の前に腰を据え、テレビジョンから流れる、美空ひばり東京ドーム公演を無闇に音量を高くして、自分が入ってきたのにも気付かず熱心に見ている。まあ、この期に及んで知識・教養を高めたってどうなるものでもない。それにどうも、この店で得られるところの知識・教養は、大したことがなさそうだし、かつまた、先ほどまでの快活味が段々に減じ、小脇に抱えた大黒の不快な重みが増してきたので、自分は、何気なく手に取っていた『探偵術入門』という古本を棚に戻し、店を出て行こうと、踵を返して二、三歩歩みかけた途端、「変装したって分かるのよ」という大声がして、驚いて振り返ると、おばはんは顔をテレビに向けたまま、「あんたたちがくると臭いのよ。若い女の子のお客さんから苦情が来るのよ。ああ、臭い」と、美空ひばりよりもよく通る声でいうのである。まったくもって不気味なおばはんである。自分はおばはんに取り合わず、そそくさと表へ出て、歩度を上げて駅へ向かった。

りんご追分のファンキーなイントロが段々遠ざかり、ついに聴こえなくなった時点で、冷静になって考えるに、あのおばはん、ただの狂人と侮れぬのである。なんとなれば、誰がどう見ても自分は一人で店に入っていったのにもかかわらず、おばはんは、あんたたち、といったのであって、つまり、小脇に抱えた腐れ大黒の存在をあのおばはんは、常人はけっしてもちあわせぬ、狂人独特の研ぎ澄まされた第六感で見破っていたのである。まったく油断も隙もあったものでなく、とにかく一刻も早く厄介払いをしたくなって、自分は、大黒の捨て場所を捜してずんずん歩いた。

しばらく行くと、変なものがあった。というのは、いったいどこの阿呆がこんなことを考えたのか、歩道の切れ目に、幅80センチ高さ50センチ奥行50センチくらいの、白いペンキを塗ったコンクリート製のプランターが置いてあるのである。中には黄色い間抜けな花が植えてある。まったくもってなんというみえすいた偽善であろうか。こんなことで往来の人の心が少しでも和むとでもいうのか、痴れ者が。こんなもので人心が和むわけはない、いや、むしろ荒むのであって、それが証拠に、プランターの中の花は干涸びてみすぼらしく、それとは逆に風に乗って飛んできた雑草は猛々しく繁茂している。おまけに、プランターは通行人の格好のごみ箱と化しており、空き缶、弁当殻、コンドーム、吸殻、花紙などが投げ込まれているのである。さらに、プランター自体にも、ひょっとこ参上、中川浩子はヤリマン、などといった低俗な落書きや絵があり、かかる馬鹿げた代物に巨額の費用を投入するような許しがたいうつけ者をさして、昔から禄盗人、知行盗人というんだよ。ほんとに馬鹿げたことを考えついたものだ。と、しばらく立ち止まって、プランターを見るうち、このふぬけ大黒には、このゴミ花壇がお似合いだ。ははは、ここに大黒を捨ててこましたろ、という考えが頭に浮かんだ。こいつぁ名案、って、自分は、大黒をプランターに置き、ははは、あばよ、厄介払いができてさっぱりしたぜ、一生そこでへらへらしてろ、たにし野郎が、と行きかけたのであるが、二、三歩行って、すぐに引き返した。

というのは、確かに大黒は処分した。処分はしたがこのままでは、少しく面白味に欠ける。すなわち、ああやって新聞紙でくるんである限り、往来の人にとってはただのゴミであって、それが大黒であることが知れぬのである。せっかく、こんな格好の捨て処、というより、あの大黒にとっては最適の安置場所を得たのであるから、むしろ新聞紙を剝いで、あのだらけきった姿を世間の人に見てもらった方が、彼も嬉しいだろうし、自分も苦労のし甲斐があるというものだ、と考えたからである。自分は、大黒をくるんだ新聞を剝いで、いま一度置き直してみた。ところがどうもしっくりこない。他のゴミが大黒の個性を殺いでしまっているのである。そこで自分は、他のゴミを全部いったんプランターから取り出し、細心の美学的注意を払いつつ、ひとつひとつプランターに戻していった。何回かのやり直しを経て、なんとか満足できるものになったので、余ったゴミをコンビニエンスストアーの前のごみ箱に分別して捨て、完成した大黒プランターの最終チェックをしていると、ふと視線を感じて道路の向こう側を見ると、ぴかぴかした近代的な交番があって、内部から巡査がこっちを見ているのである。

しまったことになってしまった。ゴミを並べるのが別段、犯罪を構成するとも思えぬが、自分は、ぼさぼさ頭で髭も剃っていないし、何日も着たままの寝間着兼用の普段着にどてらをひっかけている。ここ数週間、風呂にも入っていない。胡乱《うろん》なやつ、その大黒はいったい何だと疑われ、冤罪事件に巻き込まれなどしたら大変である。慌てて行こうとしたが、屏風のように仕立てた新聞紙で大黒をくるみ直すのに手間取っている間に、巡査はかつかつ車道を渡ってこっちにやってきてしまった。自分より五寸は背が高い若い巡査は、行こうとする自分に質問した。

「君、なにやってるの」「いや別に、ちょっと調査」「ふーん、何の調査なの」「いや別に、ちょっとゴミの」と言葉を濁していると、巡査は「君、ちょっとそこの交番まで来てくれる？」といい、自分を確保して交番に連行した。

「君、名前は」「楠木正行」「住所は」「栄町です」「栄町の何丁目何番地よ」「五丁目三番地」「職業は」「無職」「さっき言ってた調査ってなに」「いや、ゴミを調べてた」というと巡査は投げ遣りな態度で、「ちょっと持ってるもん全部ここに出してくれる？」といって、机を指さすので、ジーンズの尻ポケットから紙入れを出すと、「その中の物もそこに出してくれる？」というので、更新していない免許証、残高ゼロのキャッシュカード、妻からくすねたプリペイドカード、居酒屋の割引券などを、大黒の包みと一緒に机の上に並べた。

すると巡査が「ちょっとそこに立って両手広げてくれる？」というので、いわれるまま両手を広げて立つと、どてらの上からぽんぽんと体を調べ、もうそれ以上、なにも持っていないことが判明すると、免許証を見て「昭和三十二年一月十日生まれか」と独り言のように言い、紙入れに金が入っていないのを見て、「金を全然持ってないのか」「ちょっと駅まで行ってすぐ帰るつもりだったから」返事をせずに巡査は、大黒の包みを指さして、「これ、ちょっと開けてみて」というので、開いてみせると、大黒が相変わらずへらへら出たので、少しは笑うかと思ったら、巡査はにこりともせずに訊いた。「これはなに」「大黒様です」「どこで手に入れたの」「昔から家にあった」

巡査は大黒に関してはそれ以上質問せず、「君これからどこ行くの」「駅まで行って家に帰る」「君ね、これからはあんまりごみ箱とか花壇とか、公共の場所で他人に迷惑をかけないようにね、いいね、じゃあ、ご苦労さん」といい、自分は放免されたのである。

ああ、なんとも情けないことであるよなあ。あんな若僧にいいようにこづき回されて、自分は、一言も言い返せなかった。それというのも、この小憎らしい大黒のせいである。あのとき新聞にくるんだまま、プランターに捨ててくればよかった。後悔先に立たずとはこのことであって、自分は、もう、面白味、などということはいわぬ、とにかく大黒を捨てて逃げようと考え、交番の先で緩やかに左カーブした道をずんずん行った。

人気のないマンションのゴミ集積場、こいつぁいい、って侵入すると監視カメラがあり、いわゆるところの住宅展示場、モデルハウスなんてのが建ち並ぶ一角、はは、誰も見てねぇよ、しめしめ、と置いていこうとすると、路地を隔てたぼろアパートの二階から、独居老人の虚ろな視線がじわっときてたりと、自分としてはいろいろやってみたにもかかわらず、大黒を捨てることができぬまま、自分と大黒は、とうとう駅まできてしまったのである。シャッターを降ろした売店の脇に自動販売機があり、黒いビニール袋を被せた金網でできた円筒状のごみ箱が見える。はは、もういいよ。ここに捨ててこう。もういいよ。ってんで、近づいてって、ごみ箱に大黒を投げ入れようとすると、ゴミに混じって、白い四角な物がごみ箱の口いっぱいに、てんこ盛りになっており、ごみ箱にはもはや、大黒のはいる余地がないのである。

こら、いったいなんど、と、顔を近づけてよく見るとそれは、両家の名を記した、熨斗のかかった結婚式の引出物であって、そのうえ、引出物には反吐や大便がかけてあり、あたりには異臭が漂っている。これはおそらく、新郎新婦が婚礼に出席した人々にひどく憎まれており、人々は、婚礼終了後、口々に両家の悪口をいいながら、ハイヤーに乗って駅までやってくると、「はっ、げんくそ悪い。こんなもの家に持って帰れるものか、汚らわしい。このごみ箱に捨てていこう」「ただ捨てたんじゃ、腹の虫が収まらぬ。唾をかけてやる」「唾で済むものか。反吐をかけてやる」「反吐で済むものか。小便をかけてやる」「小便で済むものか、大便をかけてやる」とみんなで寄ってたかって、ごみ箱に投げ捨てた引出物に向かって、反吐や大小便をかけたものと思われるが、婚礼に出席した人たちにここまで憎まれるとは、この新郎新婦は、いったいいかなる因果者であろうか。困った人々だ。なんて、駄目駄目。他人にかまっている暇はない。自分の足元に火がついているのである。そんなことより、早く大黒を捨てなくては、と自分はごみ箱に近づいて、ふと躊躇した。

というのは、てんこ盛りのごみ箱に大黒を入れるとなれば、じねんとぎゅうぎゅう押し込める形になる。つまり、ごみ箱内部の柔らかいもの、すなわち、紙器であるとかアルミ缶であるとか、を押しつぶしつつねじ込む形となるのである。となれば、それによって擂り鉢様にへこむ中央部の擂り鉢の内壁は、いま現在の表層部によって構成されることとなる。では、いま現在の表層部分はなにかといえば反吐と大便。これは何を意味するのか。いうまでもなく、大黒を持った自分の手や腕、どてらの袖に見知らぬ他人の反吐と大便が付着するおそれがある、それはちょっと嫌だなあ、と自分は躊躇したのである。しかし、これ以上大黒を持ち歩くのも切ないし、さあ、どうしたものかと、ごみ箱の表層部を眺めつつ思案しているうち、どういうわけか自分は、年少の友人、菊池元吉のことを思い出し、こいつぁ、いい、ってんで、大黒の包みをぶら下げ、ちょいっと段取りを考えつつ、売店の隣の公衆電話のところへ歩いてった。

3

菊池元吉は、岩手県出身の親から仕送りをもらっている大学生であるが、そのくせ、ちっとも大学に行かず、かといって遊んでいるわけでもなく、なんとなくぶらぶらしているという、まったくもって言語道断の人間の道理も道徳もわきまえぬふざけた野郎で、その生活ぶりは自分のそれと酷似しており、類は友を呼んで、日頃から親しく交際している、自分にとって数少ない友人である。

そもそも菊池が自分のところに出入りするようになったのは、世の中には必ず何割かの割合で、まったくだれも相手にしないようなものをどこからともなく見つけてきては珍重するという癖のある変わり者があって、愚にもつかぬたわごとをレコードに吹き込んだり、命じられるままにカメラの前で右往左往したり飛んだり跳ねたりという三年前までの自分の仕事も、世間にはまったく評価されなかったにもかかわらず、この手合いの神経に引っかかるなにかがあったらしく、仕事をやめて三年経ったいまでもときおり、どこで調べるのか面会に訪れる者があり、面会を希望するものは手みやげを持ってくることが多いので、自分は必ず会うことにしているが、当然、特に話が弾むこともなく、さぞかし向こうも気詰まりであろう、と、自分も気を遣って手みやげの酒を飲むこととなり、酔うにつけ、だんだんに地金が出て、涎を垂らして冗談やたわごとを連発する自分のていたらくに客も失望して、熱も興奮もすっかり冷めた様子で帰っていき、二度と訪れることはない、ところが、同じような経緯をたどって尋ねてきたにもかかわらず菊池に限っては、自分が思っていたような人間でないと判明した後も、何を考えているのか知れぬが、思い出した頃にひょっこり現れ、何をするわけでもなく何日か逗留して帰っていくし、自分もときおり外出のついでに菊池の家を訪問するようになり、最初に訪れたときよりも菊池の言葉遣いがややぞんざいになった以外は、変わらぬ交際が今日まで続いているのである。

自分は、今日のこの状況を打破する、一石二鳥の秘策を胸に秘めて菊池に電話をかけた。

「もしもし」「あ、俺だけど」「ああ？」「俺だよ」「ああ」「大丈夫か。おまえ」「ああ、大丈夫だよ。どうしたの」「いや、ちょっと顔がひどいことになってよお」「怪我したの？」「いや、そういう訳じゃないんだけど。それで女房もいねぇんだよ」「夏子さん、どっかいったの？」「それがわからねぇんだよ。金もないんだよ。で、ちょっと見せてぇものがあるんだけど」「なに？」「まあ、美術品だよ」「美術品？　絵かなんか？」「いや、大黒」「大黒ってなに」「おまえ、大黒知らねぇのか」「知らない」「まあ、いいや。とにかく見ろよ」「ああ、見るよ。見るけど、見てどうするの」「買わねぇか」「何を」「だから大黒だよ」「だから大黒ってなに」「もう、いいよ、とにかく一時間後に行くからよぉ、駅まで来いよ」「なんで」「だから金がないんだよ、改札にいろよ」「ああ、分かったよ。行くよ」「絶対来いよ」「絶対行くよ」

改札越しに菊池から小銭を受け取って精算を済ませ、営業しているのかしていないのか定かでない、米屋、パン屋、酒屋などの建ち並ぶ、色あせた幟《のぼり》やすずらん燈、プラスチックの桜なんかがしょんぼりした商店街を抜けて右に折れ、なんだか白っぽいような片側一車線の街道を、菊池とふたり、仲良く連れだって歩いた。右側はずうっと丘陵で、うすっ暗い杉林の間にときおり、うねうねと登っていく細道がある。

菊池は、新聞にくるんだ大黒を指さして言った。

「それ？」「まあな」「家に来るでしょ？」「酒あるよな？」「ない」「じゃあさっきの酒屋まで戻ろう」「それだったら、戻らなくてもこの先にマーケットみたいなのがあるから、そこで買おう」「じゃあ、そうするか」って、またぶらぶら歩き出した。「でもさ、なんで美術品なんて持ってんの」「そんなもん持ってないよ」「でも、それ」と、菊池は自分の左手を指さした。

「これは、おまえ、あれだよ、大黒だよ」「買ったの」と訊かれ、こんなもの誰が買うか、馬鹿、と言いかけて、慌てて「まあ、大黒だからいいんだよ」とごまかすと菊池はそれ以上追及せずに、この街道に入って初めての信号のところで立ち止まり「あっちだよ」と、道路の向こう側を指さした。

バラック造りの平屋の商店、肉屋、魚屋、八百屋その他がごちゃごちゃ固まって、マーケットは形成され、頑張ってみんなで盛り上げようよ、ってえのか、中央の広場には、コロニアルスタイル、白ペンキを塗った段を拵え、丸テーブルと椅子を置いて、でかい日傘を立ててある。ぐるりには、アイスクリーム、鯛焼き、たこ焼き、なんたらシェイク、かんたらドック、なんぞを商う屋台が並んで、ある一角には、ゲームコーナーまで設けてあるというのに、客は、菊池と自分だけで、なんとも人気がない。自分は、さきほど手当たり次第に購入した、ジン、焼酎、ビール、ウイスキー、缶チューハイなどの酒類の入った袋から缶ビールを取り出して一気に呷《あお》り、とにかくこれで人心地ついた、って、上機嫌で、二本目を開けて一口飲み、がさがさ新聞を剝ぎ、御姿を現した大黒をテーブルの上に慎重に立てた。

「これだよ」「これ？」「これが大黒だよ、いいだろ」「これがどうしたの」「だから、買わねぇか」「なにを」「大黒」「買ってもいいけど、買ったらどうなるの」「別にどうもならねぇよ」「じゃあ買わないよ」「そうか買わないのか」「だってどうもならないんでしょ」「こういうものは買ってどうなる、っていうものじゃないんだよ。部屋に飾ったりするんだよ」「じゃあ、飾っとけばいいじゃん」「どこへ」「あんたの部屋に飾っとけばいいじゃん」「俺は飾りたくないんだよ」「俺も飾りたくないよ」「あのさ、おまえの知り合いで買いそうな奴いねぇか」と訊くと、菊池は大黒を手にとって、ひねくり回し、「いないと思う」といい、テーブルに置いた。案の定、大黒は、他愛もなく転倒し、だらしなく仰向けに転がった。「じゃあ、もういいよ、おまえにやるよ」「いいの」「いいよ、いいよ。ほんとは、ゴミに出そうと思ったんだよ」「なんで」「なんか、その大黒むかつくんだよ、立たねえし」「じゃあ捨てればいいじゃん」「いや捨てようとしたんだよ、でもさぁ」「なに」「いや、ちょっとナーバスになっちゃってさ」「なんでナーバスになるの」「なんからちの方って近所がうるさいんだよ、ゴミの出し方とかさ」「関係ねぇじゃん」「まあ、そうなんだけどね」「じゃあ、もらっとくよ」と、菊池は大黒を酒の入った袋に入れた。もう一本ずつビールを飲んで、菊池と自分は席を立った。

ビール三本でいい心持ちになった菊池と自分は、信号のところまで戻り、もうちょっと歩いてみるか、って、信号を渡って街道を左に曲がった。また、右手に細道があったので、こっち行ってみようぜ、って入っていった。坂道を十分ほど上っていき、道なり先に右に曲がると、突然視界が開けて、舗装が切れ、五、六坪の平らなところに出た。先は切り崩した急斜面になっていて、それ以上行けぬので、来た道を引き返すと、来るときには気がつかなかったが、最後のカーブの左手、木立と木立の間に、道のごときがあるのである。また、奇妙なことに、道の始まりのところに、直径15センチくらいの、半ば朽ちた自然木が、まるで、ここに立ち入るな、という具合に置いてある。

なんとなく入っていくと、草が生えているものの、やはりこれは人工的の道であって、それが証拠に幅70センチくらいの道の両側には、腐った丸太が埋め込んである。暗い道をしばらく行くと、両側にコンクリートの門柱があり、中に入ると、ブランコ、砂場、シーソー、滑り台があった。そこは荒れ放題に荒れ果てた公園であった。元来、公園というものは、若い母が小児を遊ばせるなどして明るい印象であるべきものであるが、この公園は違って、まるで墓地のように陰気で、陽射しは木立に遮られ薄暗く、ブランコやシーソーなど、遊戯機具の木部は白っぽくなってぽつぽつ穴があいているし、金属部分は塗料が剝落して、赤い錆止めが見えている。土は痩せてコンクリートの基礎が大きく露出している。陰気くさくて仕方ない。先ほどから、なんだかぞくぞく寒気がする。

自分と菊池はやけに背の低いベンチに腰掛け、黙ってビールを飲んだ。ふと足元を見ると、元は青かったのであろう、雨に打たれて白っぽく変色した子供靴が片っ方落ちている。また、雑草の茂った土もなんだか血が染みたように赤っぽいのである。これはただ事ではない。この公園にはおそらく次のようなドラマがあったのではなかろうか。

数組の母子が平和な午前、公園で長閑な時間を過ごしている。陰気な精力のこもったふたつの眼が木下闇からそれをじっと見つめている。突如、鉈《なた》を振りかざした復員服姿の男が意味不明の叫び声とともに走り出て、ちょうど砂場のところにいた、一組の母子の脳天に振り下ろされる鉈。散らばる真っ白い脳味噌。一瞬何が起こったか理解できずに立ちすくむ母たち子たち。兇漢は次々に鉈を振り下ろしていく。夜になっても帰らぬわが妻、わが子の身を案じた家族による捜索隊が発見したものは、見るも無残な惨殺死体と、公園からほど近い杉の木の枝に自ら縊《くび》れて果てた犯人の死骸であった。その後、この公園に立ち入る者は絶えてなく、人々は事件を忘れ、やがて、元々分かりにくい場所にあったため、この公園をも忘れ、公園には、母を慕い子をかばう、哀れな母子の亡霊がさまようばかりなのである、というような。

自分は菊池に訊いた。「おまえ、この公園知ってたか」「いや、知らなかった」「なんだか気味悪くねぇか」「悪いね」ほら、菊池のごときも気色悪いのである。菊池は言った。「あのさあ、さっきの大黒、ここに捨ててってもいいかなあ」「やめろ馬鹿」「なんで、いいじゃん、あそこにほら、お地蔵もあるし」と指さすところを見ると、地蔵が六体並んでいる。公園に地蔵があるなんておかしいじゃないですか。変じゃないですか。「早く行こう」って、自分は菊池を促して公園を後にしたのである。

4

メゾネットタイプ。といえば聞こえがいいが、もとは一軒の家だったのを、真ん中で二つに仕切って貸しているものだから、一階の押入の奥にガラス戸があったり、二階に行くには、ドアーを開けていったん外に出て、鉄の外階段を上がり、もう一度、ドアーを開けて入る、という奇妙な構造の、菊池の家に、とりあえず酒に不自由しないというので、居候をきめこんで五日になるが、今朝がた、ちょっとした異変があった。というのは、自分と一緒に、ずっとうだうだしていた菊池が珍しく早く起きてきて、金がないから、ちょっと学校へいってくるよ、と変なことをいって、そそくさと出掛けていったのである。通常であれば、ちょっと金がないから銀行に行って来るよ、とか、質屋に行って来るよ、なんてなことをいいそうなものなのに、菊池は、金がないから学校に行って来るよ、といったのであり、まことにもって不思議な言いぐさであるが、しかし、まあ、いいや、学校に金を貸している奴でもあって、大方その取り立てにいったのであろう、と判断した自分は、階下に降りていって、スパゲティーを茹で、バターをまぶして食い、ソファーにひっくり返って、コーヒーを飲みつつ、改めて主のいない部屋の中をうち眺めた。

まず目に付くのは玄関近くにうずたかく積み上げられた古新聞である。いったいどういう了見なのか、1メートル近く積み上げてあるのである。こういうものがあって鬱陶しくないのであろうか。また、オーディオ装置、ギター、冷蔵庫、テレビジョン、安物の食器棚、炊飯器、電話、ソファーなどの所帯道具が、引っ越し当日、ただとりあえず置いたままずっとそこにある、といった風情で、でたらめな位置に置いてあるし、それら、てんでな所帯道具の間に、マヨネーズ、ティーシャーツ、ドラムのばち、アホな落書きをした紙、青海苔の瓶などが、見苦しく散乱しているのである。焦げ茶色のカーテンは二枚のガラス窓の真ん中でだらだら垂れているし、いかんなあ、こういうだらしなさがあいつを駄目にしているのだ。よし、ここは一番、すっきりさせてやろう、と、新聞を縄でくくって庭に出し、食料品は冷蔵庫にしまい、食器類はとりあえず流しに放り込み、衣類は洗面所の洗濯機の中に入れ、カセットテープの内容とラベルをいちいち確認して、カセットケースに入れるなど、あるべきものをあるべき場所に収納すると、部屋は意外なほどさっぱりした。ね、こういう風に、何事もきちんとしておけば問題がひとつ一本化するというか、分かりやすくなるんだよ。事実というのは意外と単純なものなのだ、と、すっきりした気分で、最後にだらだらカーテンをきちんとしようと、窓の方へ行き、手を伸ばすと、オーディオラックの下、足にぶつかるものがあった。

えへら大黒である。またこいつだよ、って、一瞬、うんざりしたが、考えてみれば、自分の家ではなんの役にも立たぬ厄介者であったやくざ大黒も、それなりの時と場所、たとえばここどか、を得れば、ひとかどの大黒様として立派にやっていけるかも知れぬのである。しかし、それにしても、彼が自立できぬというのはやはり障害であって、自分は、とりあえずカーテンをなおして、ソファーに腰を落ち着け、彼が一人立ちできぬ根本原因を追究した。

テーブルの上に大黒を慎重に立ててみると、彼は一応立つ。ところが軽く指で押すだけで、実に簡単に、後方に転倒する。また、マーケットで菊池がやったように、いい加減に置いてもまた、転倒するのである。通常、ここで考えられるのは、バランスが悪いということである。彼は、俵の上に立ち、右手に小槌をもってこれを高く掲げ、左手には大袋を持って、これを肩に担いでいる。後ろを見ると、大袋は腰のあたりまであって、厚みも相当ある。また、異様に大きい耳と自分のごとくにたるんで肉の厚い頰の付着せる頭部は、頭巾を被っていることと相俟って、相当の重量をもつものと思量される。これに比して下半身は実に貧弱で、両足は情けないくらいに細く、乗っている俵も不自然なくらいに小さい。これではわずかの震動で転倒するのが当たり前である。また、底部を調べると、リアリティーと安定の両立を図ったのか、特に、土台というものを設けることはしないで、俵の自然なアールを損なわぬ、ぎりぎりのところで、平らに削ってあるのであるが、この削り方がいい加減で、でこぼこになってしまっているという、実にでたらめで雑な細工なのである。

以上のことを踏みまえて考えるに、こいつを独立させるためには、小槌の改良は、複雑な作業になりそうなので諦めるとして、大袋を中袋ぐらいにして、底部の安定を図る必要がある。具体的には、電動工具を用いて、大袋を削って小さくし、底部を削りなおして平らにすればいいわけである。そのためには電動工具が必要で、菊池は金がないといっていたが、ほんとかよ、と、菊池が金をしまっておく壺をテーブルの上で逆さにすると、小銭がバラバラ落ちてきて、数えるとほんとに千円ちょっとしかない。これではとうてい電動工具は買えぬ。じゃあ、どうすればいいか。そう、パテで土台を固めてしまえばいいのである。自分は、小銭を握りしめて、駅前のしょんぼりした商店街にあった金物屋に出掛けていった。あんまり目につかねぇほうがいいだろう、酒がまずいや、って、下駄箱の上に大黒を設置して、土台のパテを絵の具で彩色しているところへ菊池が帰ってきた。

「なにやってんの」「大黒を独立させてんだよ、いいだろう」「ふーん」と菊池は、気に留めず部屋へはいり、中を見回していった。「掃除したんだ」自分は余裕をかまして、「まあね」と答え、ソファーに腰を下ろした。菊池はテーブルの上にひっくり返った壺を見て訊いた。「この金、全部遣った？」「いや、全部は遣ってない」と自分は、ポケットから小銭を出してテーブルの上に置いた。菊池はへらへらしていった。「やばいんだよ」「なにが」「金がない」「全然ないのか」「そうなんだよ、でさ、俺、きょう学校いってさ、かったるいから断ってたバイトの話きいてきたんだよ。そしたら、まだあるっていうから」自分は床に直に座って訊いた。「おまえバイトすんのか」「あんた、やらない？」「えっ、俺がやるのか」「うん」「馬鹿なこというなよ。俺はおまえ、無理だよ」「なんで」「なんでって、俺は労働に向いてないんだよ」「俺も向いてないよ」「じゃあ、駄目じゃねぇか」「でも、日払いだっていうし」「だいたいなんの仕事なんだよ」「古着屋」「えっ」「古着屋」「古着屋？　古着屋ってなんだ」「まあ、服屋だね」「俺が服屋になるのか」「だからバイトだって」「俺はいかねぇぜ」「じゃあ、俺が行くの」「ああ、いけよ」「なんだか不公平な気がする」「まあな、しょうがねぇだろ。これも運命だと思って諦めろ」「せめて、じゃんけんで決めようよ」「馬鹿、こんな重大なこと、じゃんけんで決められるか」「じゃあ、あみだくじにしよう」「やっぱり、おまえがいったらどうです」「やっぱり、あんたがいったらどうです」「やっぱり、ってなんのやっぱりだ」などと、しばらく押し問答を繰り返したが、菊池は執拗に公平という概念にこだわり、曜日を決めて交替で行こう、というところまで譲歩してきた。ここまで菊池が折れたのであるから、自分としても覚悟を決めなくてはならぬが、どうも気力がわかぬ。

自分は、なお、ぐずった。「しかし、働くにしても服屋はなあ。なんか他にないのか」「ないよ」「この部屋になんか売れそうなものないかなあ」「ない」菊池は、もうこれ以上妥協する気はない様子である。しょうがないので自分は訊いた。

「条件はどうなってんだよ」「平日の二時から七時まで手伝って欲しいんだって」「時給いくらなんだよ」「八百円」「なんだ安いじゃねぇか。五千円ぐらいになんねぇのか」「なるわけないじゃん」「そうか。じゃあこうしよう。月水金と火木土に分けよう」「いいよ」「で、おまえが月水金に行け、俺は火木土と休むから」「だめだよ」「駄目か。でも俺、服屋なんてやったことないぜ」「俺もやったことないけど、もう一人いるらしいから大丈夫だろ」と、菊池が宣し、なんとも情けないこととなってしまったが、菊池も一文無しになってしまったのでは、いたしかたない。情けねぇ、だの、これも運命だだの、えへら大黒の祟りだだの、ウイスキーを飲んでさんざんに愚痴っぽくなって、今度はほんとにじゃんけんで、明日は自分が行くことになったので、先に二階へ上がって布団をひっかぶったのである。

5

菊池の家から二駅目。駅前再開発というのか、改札を出るといきなりビル工事現場で、メモを見い見い、仮設店舗、仮バス停、仮タクシー乗り場ってえ地帯を抜けて、道路を渡ると一筋だけ残った商店街、それでも活気があふれて、買い物客で混雑している中に「紅津」って、その古着屋はあった。

新作コレクション続々入荷、今季物30%ＯＦＦといった手書きＰＯＰの貼ってあるガラス戸を押して入っていくと、地味な感じの四十歳くらいの不細工なおばはんが無理に明るく声を作って「いらっしゃいませ。中のほうまでどうぞ」と声をかける。どうもぞっとしねぇ、自分もこんな風に客に声をかけねばならぬのであろうか。って、しかし、おばはんは自分を客だと思っているようである。誰がこんなところに服など買いに来るものか、間抜け野郎め。

「あの、今日からここで働くことになってる楠木ですが」というと、おばはんは、家を出たなりの格好じゃあ、あんまりだ、ってんで、菊池の服を着てきていた自分に一瞥《いちべつ》をくれ、急にぞんざいな口調になって、「ええっ、あなたなの。嘘でしょ。あなた洋服屋さんの店員って感じ全然しないわ。もっとお洒落な人じゃないとぉ、ええっ、そうなのぉ、信じられない」と、白々しく感情をつくった風の、実に嫌味で大仰な調子で吐かしたのである。なめやがって、くそ野郎が。じゃあ、貴様のその格好はなんだというのだ。喋り口調もそうであるが、いい歳をして若造りしゃあがって、赤いコーデュロイのスカートにピンクのトレーナーだとふざけやがって、自分はゲロを吐くぜ、くそばばあ、色気違い。と、おばはんを罵倒したかったが、初出勤で事情もよく知れぬし、おばはんの讒言によっていきなり解雇されるのも業腹である。人間なにごとも辛抱が肝心、と気色の悪いおばはんに対する悪感情を抑え、「よろしくお願いします」と尋常に挨拶をしたにもかかわらず、おばはんはそれに答えず、自分を無視して、鼻歌でミッキーマウスのマーチを歌いながら、奥の部屋へ行ってしまったのである。まったくもって無礼なおばはんであるが、自分はとりあえず何をしたらいいのか分からない。おばはんを追って奥に行こうとした途端に客が何組か入ってきた。おばはんは奥へ引っ込んだきり出てこない。どうすればいいのだ。おい、おばはん。って、百貨店へ行くとよく、店員がわらわら寄ってきて、いろんなことをいって買いたくもねぇ服を買わそうとするが、自分も寄ってって、ああいう具合になんかいった方がいいのか。通常、かかる局面においては、先輩社員が率先垂範、客の応対をし、新人はそれを見て、ああなるほど、こういう場合はこういう風にすればいいのか、などと仕事を覚えていくものであるが、肝心のおばはんが出てこない。仕方ないので、いらっしゃいませ、といってみたのであるが、自分のいらっしゃいませは実に陰気で、また、この時点で客が入ってきてから時間の経過があり、なんとも間抜けなタイミングで、だから自分は嫌だ、といったのだ。ああ、ああ、ああ。なんて、自分の精神は激動していたのであるが、幸いなことに客の目には、おかしげな店員、という風に映らなかったらしく、小金持ち風のおばはん客が、スウェーターを手にとって声をかけてきた。「ちょっと、これってウール100? アクリル? これの大きいサイズってないの?」って、そんなに矢継ぎ早に質問されたって、自分には全然分からない。「すいません。ちょっと待って下さい」と客を待たせ、奥のおばはんのところへいった。

奥の部屋は六畳くらいの広さで、スチールの机、小さな流し台、冷蔵庫があり、大量の在庫の服があった。つまり、この店の事務室兼倉庫だったのであるが、その部屋の右手の鏡の前、おばはんは踊っていた。なんじゃ、このおばはんは。って、しかし、とりあえず客を待たせている。自分はおばはんにいった。「ちょっと、すいません、お客さんなんですけど」おばはんは踊りやむと、照れた様子もなく、「うるさいわね、あたしだって忙しいのよ。あんた、店員でしょ、あんたがやんなさいよ」といい捨て、在庫のところへいってなにか探し始めたのである。胸中に、なぜ、こんなに横柄にいわれなければならぬのか、という疑問がふつふつと湧いたが、客がいるんだからしょうがねぇ、度胸を決めて店に戻ってへどもどやるうち、客は、件のスウェーターが気に入ったらしく、「じゃあ、これいただくわ」なんて、自分に、一万円札とともにスウェーターを手渡した。そこで自分は、スウェーターをくるくると丸め、レジスターのところにあった店名を書いた袋に入れたのであるが、そこから先、はたと作業は止まってしまった。つまり、スウェーターの代価は六千八百円、自分が受け取ったのは一万円、当然、自分は客に、三千二百円の釣り銭を出さねばならぬ。ところが自分は、恥ずかしい話であるが、この歳まで、レジスターの操作というのをやったことがないのである。困じ果てた自分は、再度、「ちょっと待って下さい」と、一万円をもって奥の部屋へ行った。

おばはんは、在庫商品とおぼしき服を着て鏡の前でポーズを取っていた。首と尻に値札をひらひらさせながら振り返ったおばはんに、自分は、情けない調子でいった。「あのぉ、レジをお願いしたいんですけど」「もう、ほんとにうるさいわね。あたしだって知らないわよ、そんなこと。もういい加減にして」いい加減にして欲しいのはこっちであるが、再度、「でもお客さんが」と気弱に抗弁すると、「もうやめて、っていってるでしょ。あたしわかんないんだから、あんた適当にやりなさいよ」と、いきなり、着ていた服を脱ぎだしたのである。まったくもってなんという無茶なおばはんであろうか。

自分は、慌てて店に戻り、レジスターをがちゃがちゃやるうち、なんとかレジスターが開いたので、打刻はせずに、中に代金を納めて釣り銭を取りだして客に渡し、なんとか事なきを得たが、しかし、客などというものは元来、いつ来るか分かったものではない、また、客が来たらどうしよう、って、思ってたら、ほらね、いわんこっちゃない、やれ帽子をくれの、スカートをくれの、客は次々やってきて、その対応に追われるうち自分は、自然とレジスターの操作方法を習得し、いらっしゃいませ、なんてのも、屈託なくいえるようになったのであるが、そんなこんなでやっと客の波が途切れ、ふと時計を見ると、もう四時であって、いつの間にか二時間が経過していたのである。

その間、あのおばはんはいったいなにをさらしてけつかったのであろうか、と、奥へいってみると、おばはんは、スチールの椅子に座って、のんびりと茶を入れて飲んでいた。足元には、マジックで、吉田取り置き分、と書いた大きな紙袋が三つ置いてある。こら、いったいなんだ、と、訳が分からず立ちつくしている自分を、じろりと睨んでおばはんは、「これ、あたしの取り置きだから売らないでよ」と吐かしたのである。つまり、この吉田というおばはんは、自分が大忙しで客の応対に追われている間ずっと、客が買わないうちに気に入った服は自分が買ってしまおうと、在庫の服をとっかえひっかえ試着していたのだ。ひどいおばはんもあったものである。いったいこのおばはんは働く気があるのか。このおばはんがいくら給料をもらっているか知らぬが、今日雇われた自分以下ということはあるまい。一方は低賃金で重労働にあえぎ、一方は、へらへら歌ったり踊ったりして遊んでいるのである。なんという不公平であろうか。

「おばはんも、ちょっとは手伝ったらどうです」といおうと思ったその瞬間、おばはんは、がぶりと茶を飲み干し、「ちょっと、あたし仕入れに行って来るからね」と、席を立って出ていってしまったのである。抗議もできぬまま、しょうがなく自分は一人で店番を続けた。

一時間ほど経って、おばはんは、両手いっぱいに荷物を持って帰ってきたかと思うと、無言でまたぞろ奥の部屋に入っていく。自分は、今度こそ、ってんで、おばはんについて奥へ入っていくと、おばはんの持っていた袋に束になった葱が見えた。あろうことかおばはんは、勤務時間中に仕入れと称して、個人的な夕食用の買い物をしてきたのである。なんとふざけたおばはんであろうか。「あの、それは」と袋を指さす自分をおばはんは、「なによ」と睨み、「ちょっと、あたし着替えるんだから出ていってくれる」と、部屋から追い出したのである。

菊池の餓鬼はなんという仕事を周旋するのだ。帰ったら必ず殺す、と暮れ始めた町を眺めつつ決意を固めていると、「ねえ、ねえ、ちょっと、ちょっと」と、この店に来て初めて、否定的・拒絶的でないおばはんの声がした。行くとおばはんは、ピンクのスウエーターにスカイブルーのタイトスカートに着替え、鏡の前で身をくねらせてポーズを取り、「ねぇ、どう思う？ これ、あたしに似合うかしら」と吐かす。訊かれて自分は、おばはんの姿を一応見たが、すぐに目をそらしてしまった。正視に耐えぬのである。似合うもなにもないのである。気のおかしい人にしか見えぬのである。もちろん自分としては、「似合うわけねぇだろう、腐れすべたが。いい加減に仕事をしゃがれ、ばか女」といいたいのであるが、いきなり単刀直入に物事の核心の話題にはいるのもいかがなものか。こういう、何気ない話題から入って諄々と諭せば相手も人間、そこに自ずと何らかの、これから仕事をやっていくに当たっての合意を得ることができるであろう、と考え、「ああ、まあね」といい加減なことをいったところ、あろうことか、おばはんは、猜疑的な顔をして意地の悪い調子で、「そうかしら。あたしは、もともとピンクは似合う筈なんだけど、これってちょっと変じゃない？」と訊き、続けて「だって、こういう服屋さんにおいてある服って、もともと安物じゃない？ あたしって安い服似合わない人なのよね。でもピンクは似合う筈なのよ、おかしいわ。でも、あたしはちょっといいかなぁ、って思ったんだけど、あんたどう思う？　でも、なんか変よね。でもどう？意外と似合うんじゃない？　どう？　似合う？　どう？」とくどくど喋り止まぬのである。

話を切り出すきっかけを見いだせぬままに自分は、半ば強引に「あのですね」と言いかけたのであるが、おばはんは、「やっぱり、これはやめよう」といい、スカートを脱ぎ始め、なおも「あの、ちょっと」といいかけた自分を、スウェーターを半分脱ぎ、乳をまるだしにして、じろっと睨み、「ちょっと、あんた、なに見てんの。痴漢じゃないの」と低い声でいったので、しょうがなく自分は店に戻った。すると、また別の服に着替えたおばはんが店に出てきて、今度は店内の服を物色し始めた。やだな、と思っていると、おばはんは、レジスターの横の棚にあったスウェーターを手に取り、金切り声を上げ自分にくってかかったのである。「ちょっと、なによこれ」って、訳が分からない。「こんなもん三千九百円で売れるわけないじゃないの。まったくなに考えてんの」自分にそんなことをいわれても困る。自分は、いちアルバイト、それも今日来たばかりの人間であって、なにを興奮しているのだ、このおばはんは。って、面食らっていると、「こんなもん千円で十分よ、千円でいいわね」「俺にいわれても困るよ」「いいのよ、いいの、あたしこれ千円で買うからね、いいわね」と、強引なのである。別に関係ねぇ、といえば関係ねぇが、この根性の腐ったおばはんのことである。値下げして売ったのを自分のせいにしかねない、そらぁ困るので、おばはんと押し問答をしていると、入り口の方で、「今日はいいお天気ね」と、甲高い声がしたので見ると、えぐい顔をした、おばはんの客が、店の通路を踊るように歩いてこっちにやってきた。

その声の調子が、恰も旧知の間柄におけるそれのようだったので、常連客の一人かと、吉田のおばはんの方を見ると、知らぬ様子である。だいたいからして妙なのは、今日はいいお天気ね、もなにも、今日は朝から一日、太平洋沿岸に前線が停滞していて、曇天である。しかも、もう日はとっくに暮れている。おかしな客だ、と警戒していると、客のおばはんは、まったく自然な態度で自分の目を真っ直ぐに見つめて、馬鹿でかい声で、「ぅあたしのビャアーグはどこかしら」といったのである。

訳が分からないので思わず、「え?」と声を出すと、掌をこっちに向けて肩のあたりで上下させながら腰を左右に揺すぶって、「チャアミイよ」と、相変わらず大声でいい、両手を胸のところで交差させて小首を傾げてみせたのである。吉田のおばはんの方を見ると、さすがの吉田も口を開いている。その後ろの棚に、チャアミイさん、とマジックで書いた大きな紙袋が置いてあるのが見えたので、このことをいっているのかと、袋を取ってカウンターの上に置くと、チャアミイは、いきなり紙袋に手を突っ込み、「そうそう、それそれ、ぅあたしのビャアーグ」といって、いろいろ入っている細々したものの中から、中学生が持つようなビニールのリュックサックを取り出し、手に持っていたスーパーマーケットのビニール袋に押し込むと、かわりに別の袋から靴を取り出して、「これ預かって下さる?」と、カウンターの上に置いたのである。しかし、この店は服屋であって、手荷物預かりではない。百歩譲って、この店で買った商品であれば、しばし預かることもしよう。この店では靴は取り扱ってないのである。したがって、靴を預かるいわれはなにもない。毅然と「当店でお買いあげいただいた商品以外はお預かりできません」といおうとすると、さっきまでは客が来ているにもかかわらず、店に出てくることさえしなかった吉田のおばはんが、どういう訳か、こんなときに限って愛想良く、「はい、もちろんですわ」と、いって、カウンターの上のチャアミイ袋に靴を入れて棚に戻したのである。

カウンターの時計は七時をさしている。もう自分は知らん。七時までの約束である。自分は帰ろう、と、その旨、吉田に宣言しようと思ったら、チャアミイがまた一段と大きな声を出した。

「まあ、なんて素敵なビャアーグなのかしら」あまりの大声に驚いて、そっちを見ると、千円均一の安売りのワゴンの中に入れてあった、ビニールのクロコダイル型押しバッグを手に持っていた。チャアミイはバッグを持ってまたレジのところに来て、「ぅあたしがユオロップにいた頃、皆さん御存知のブランドのビャアーグをよく見たけど、これはほんとに素敵だわ。このあたりの皆さんは、どうしてこのビャアーグを買わないのかしら」といった。すると吉田のおばはんは、さっきまでのひとを小馬鹿にしたような態度とはうって変わって、目をきらきらさせて、ほう、と溜息をついて、「ほんとに持つ方が違うと違うわねぇ」と心の底から感じ入ったようにいうのである。チャアミイは喜んで、バッグを持ってくりくりポーズを取っている。吉田はさらに、「こちらが持つと千円のバッグでも五万円のバッグに見えるわ。あたしも、ああいう風になりたい。あの毛皮のコートはいったい幾らくらいするのかしら。きっと二百万円ぐらいするのね」と、また余計なことをいう。聞いてか聞かずかチャアミイは、「なんだか、このお店暑いわね。ちょっといいかしら？」と、コートを脱ぐと、まるで召使いに渡すかのごとくに自分に手渡すのである。

店員という立場上、ふざけるな、とも、早く帰れとも、いえず受け取ったコートは、毛皮でもなんでもない、ナイロンの安物であって、どこが二百万円だ、馬鹿者が、と思っていると、また、吉田が目を輝かせて、「なんて素敵なワンピースかしら。さぞかし、お高いんでしょぅね」と、つるつるしたチャアミイのワンピースを褒めると、チャアミイは、「あら、これかしら？　アランマニュキャンのぅワンピースで、そぅね、五、六万の安物よ」と奇妙なしなを作り、大仰に「きゃあ」と叫ぶと、「これ七千八百円なの？　嘘でしょ、ただみたいなお値段」と、ハンガーラックにかけてあったワンピースを撫で回す。さらにチャアミイは店内をゆらゆら歩いて、今度はスカーフを手に取ると、自分の目を見て、「あなたに新しいお洒落感覚を教えてあげるわ」といったかと思うと、スカーフをターバンのごとくに頭に巻いて、かたわらの黒い帽子を被って、「この遊び感覚が素敵でしょ」といい、狭い通路でひらひら踊ってみせたのである。

あまりの珍妙な姿になにもいえないでいる自分と、うっとりとなって言葉をなくしている吉田に、チャアミイは、「あらご免なさい」と、帽子とスカーフを取って、「ぅあたしの日本語って変でしょ。ぅあたし、子供の頃からユオロップが永かったから、日本人離れしてるのね」といい、さらに、「ほんとうにねぇ」と感に堪えない様子の吉田に、「あなたってファンキーでユニークね、って、ぅあたしにいう人がいるけど、シャイな日本の人はあたしのこと嫌うのよ」と、ますます絶好調でテンションは上がり続け、「チャアミイは、とってもファンキーだからぅラスタカラーが好きなの。だから、ぅあたしのお部屋は、みんなみんなぅラスタカラー」と叫び、吉田のおばはんが頷くと、

「ぅでもね」といって一拍おいて、一段と音量を上げて歌うような調子で、「ゥベッドルームは、まっっっっっ白なのぉー」と絶叫したのである。医者へ行け、医者へ。チャアミイがこれまでどんな辛い人生を送ってきたのか知らぬが、誰が見ても奇矯なチャアミイの言動に、吉田はますますうたれた様子でチャアミイに訊いた。「どうしたらあなたのような素敵な人になれるのかしら」「チャアミイはね、人生を200％生きてるの。だから、ぅあたしは毎日、一時間しか眠らないのよ」「じゃあ、あたしなんか、やっぱりだめよ。だって毎日十時間は寝ているんですもの」と、露骨にしょんぼりして、しかし声を作り、学芸会の台詞のごとき口調で、レジスターのキーをでたらめに叩きながら吉田はいう。やめて、おばはん。レジが無茶苦茶になってしまうわ。お願い、おばはん。やめて。って、こっちまでおかしくなる。「大丈夫よ。あなたは輝いているわ。ブライトなのよ。チャアミイがいろんなひと紹介してあげる。チャアミイにはモデル時代の知り合いもたくさんいて、コネクションがあるのよ。心配しないで。自信を持って。チャアミイには分かるの。あなたは、こんなところで服屋さんをやってるひとじゃないわ。このままじゃ、あなたのエイティスティックな才能がかわいそうよ」「ありがとう。ありがとう」と、吉田は泣いて、「チャアミイ、いまお茶をいれるわ、あっちのお部屋へ行きましょう」といい、チャアミイも、「ぅあたしはお茶は野ばらのハーブティーが」

かなんかいって、ふたりの奇妙なおばはんは、手に手を取って奥の部屋へ入っていったのである。

もう、やれん。帰ろう。って、しかし、自分のギャランティーはどうなるのであろうか。吉田にもらうのか。奥の部屋からはチャアミイの、きゃあ、これはワンダフォーよ、などという歌うような大声と、吉田のげらげら笑う声がここまで聞こえてくる。いまなにをいっても無駄だろうと判断した自分は、レジスターから四千円取って、そこいらにあった紙切れに受け取りを書いて爪印を押し、どろどろになって菊池の家に帰ってった。

6

安閑とソファーに鎮座ましまし、フランク・ザッパを聴きながらウイスキーを飲んでいた菊池のマグカップをひったくって、立ったまま一気に呷り、「おらぁ降りるぜ」と宣告したにも拘らず、菊池は、「どうだったの。服屋」なんてのんびりした調子なのである。

「どうもこうもねぇよ。ひでぇ、おばはんどもだぜ」「なんかあったの」「あらぁ、なんだよ」「なに」「なにじゃねぇよ、あのバイトを紹介したのはどこのどいつだ」「学校で知ってる奴だよ」「そいつが経営者か」「そいつの叔母さんの店らしい」「おまえ、そいつに義理あるのか」「別にないよ」「じゃあ悪いことはいわないから、おまえ明日行かねぇほうがいいぞ」「なんでだよ」「とにかくひどいんだよ」「だから誰が」「吉田とチャアミイだよ」「なにそれ」「とにかくやめとけ」「でも、やめて金はどうするの」「そういう次元の問題じゃねぇよ、無理だよ」「そうかな」「そうだよ、吉田はぜんぜん働かねぇしチャアミイはくるし」「それ誰なの」「もう一人の店員と客だよ、わけわかんねぇ奴等だぞ」「そうかな」「うるせぇ、ちょっと、このザッパを止めろ」てな調子で、いくら、吉田やチャアミイのひどさを訴えても、いっこうに菊池は理解を示さず、そのうちふたりとも酔っぱらって、菊池は、へらへら冗談をいって一人で笑っていたかと思うと、ソファーで寝てしまい、自分も「俺は止めたからな。明日なにがあっても知らねぇよ」と、二階へ上がっていった。

翌日。九時をまわった頃になってやっと、菊池は、顔に珍妙なメイキャップを施され、服はぼろぼろという、無残な姿で帰ってきた。「おめぇ大丈夫か」と声をかけても、真っ青な顔をして薄暗い玄関にぼんやり立ったままで返事をしない。ソファーまで引きずっていって、「しっかりしろよ」おい、と、頬を平手で殴って気合いをいれると、ようやく我に返って、「やられた」とかすれ声でいった。「誰にやられたんだ」と訊くと、「チャアミイ」というなり、がたがた震えだした。自分は、マグカップにウイスキーを注ぐと菊池に手渡した。菊池は一気に飲むと、「逃げよう」という。菊池の体からは、安物のパヒュームと化粧品の強烈な匂いがしている。はっとして、「おまえ、チャアミイに姦られたのか？」と訊くと、菊池は、苦しげに、「吉田にも姦られた」というのである。爆笑して「ははは、おまえ姦られたのか？　ははは。どこで姦られたんだ？」「奥の部屋で姦られた。逃げよう、早く逃げよう」というのである。「おまえ、臭いよ、後でシャワーを浴びろよ」と、ウイスキーを注いでやると菊池は、追っかけてこないかなあ、とびびっているので、なんでそう思うんだ、と訊くと、菊池の馬鹿は、御丁寧に履歴書を持参したという。まったく馬鹿なことをしたものである。

部屋の電話が鳴って、菊池は飛び上がった。出てみると、まがうかたなきチャアミイの歌うような大声で、「ぅあたし、チャアミイよ。マイプリリリローボーイはどうして急に帰っちゃったのかしら？　シャイなボーイね。ぅあたしたちそちらにうかがおかしら。おみやげはなにが……」って、相も変わらぬ絶好調で、自分は急いで受話器を置いてマジになった。ほんとにくるかもしれぬのである。そらぁヤバイので、ウイスキーの瓶とぐったりしている菊池をぶら下げて、大慌てで家を出た。出たけれども、行くところったって、他にない。しょうがねぇので、とりあえず自分の家に行くことにした。
幸いなことに駅でチャアミイと吉田に出くわすこともなく、菊池と自分は、無事、電車に乗り込んだ。乗客のまばらな酒臭い電車の中で、菊池はだんだんに落ち着きを取り戻したが、やはり黙りがちであり、相当に心の傷が深いらしいことが、自分にも察せられたので、菊池にはあまり話しかけないで、読み捨てられたスポーツ新聞を拾って、蛍光灯の白々しい光の中で、ときおりウイスキーを呷りつつ、全く興味のない記事を熟読した。

一週間ぶりの自宅は、妻が帰宅した気配もなく、大黒を持って出たときと、なにも変わっていなかった。とりあえず菊池を風呂に入れ、居間に敷きっぱなしの布団を畳んで、座敷の隅に片寄せて寄り掛かり、虚脱していると、菊池が猿股姿で風呂から上がってきて、不思議そうに部屋を見渡し、「あれ、夏子さんは？」といった。「いねぇっていっただろうよ」「どこいったの？」「知らねぇよ」菊池は嬉しそうにいった。「あんた、夏子さんに逃げられたの？」「まあな」菊池はますます嬉しそうにいった。「なんで」「なんでって、知らねぇよ。俺がこんな顔になったからだろう」「こんな顔になったって、前からそんな顔じゃん」「うるせえな。おめぇ、うるせえよ。チャアミイに姦られたくせに」と罵倒すると菊池はまた陰になった。「おまえ、腹へらねぇか」「いま食欲ない」「とりあえずなぁ、食うものはあるからな。腹へったら、そこらへん探して勝手に食えよ」「なんで、金ないんじゃないの」「いや、金はないんだけどな、夏子は食い物を貯めておく癖があるんだよ。冷凍庫に干物やらなんやら、米もあるし。あと、そこの棚の中にも缶詰やらひじきやら、すっぽんのだしの瓶詰もいっぱいあるしよぉ」「すっぽんって俺食ったことないよ」「食うか？」「すっぽんなら食いたい」「よし、すっぽんを食おう」「すっぽんを食おう」

座敷の真ん中に卓袱台代わりに新聞紙を敷いて、菊池と自分は、だらだら汗を流してすっぽん雑炊を食った。猿股姿の菊池がいった。「食いもんはいいとして、金、あといくら残ってる？」ポケットから残りの金を出して、土鍋の横に並べると、よれよれの千円札と小銭が五百円ちょっとあるばかりである。自分は菊池に訊いた。「おまえ、次の仕送りっていつなんだよ」「ええっと、きょうが五日だから、あと一ヵ月くらいあるな」「ちょっと待てよ、おまえの親は毎月何日に金を振り込むんだよ」「まあ決まってないけど、だいたい月末だね」「じゃあ、なんでおまえそんな金ないんだ」「先月末にギター買ったんだよ」「ギターって、あの部屋にあったやつか」「そう」「馬鹿野郎。いくらしたんだ」「十二万円くらいかな」「馬鹿野郎、無駄なもん買いやがって」「ごめん」「まあいいや、おまえギター弾けるのか」「弾けるよ」というので、思いついて自分は、玄関脇の部屋からギターを探してきて、「弾いてみろ」と、手渡すと、菊池は、得意げにぺらぺらとフレーズを弾いてみせる。こいつぁいい、ってんで、「じゃあよ、おまえギター弾け、俺が歌うから」「で、どうするの?」「よく、夜になったら駅で小汚ねぇ奴等がギター弾いてうた歌って、小銭集めてるだろう。あれやろう、あれ」「あんなの恥ずかしいよ」「俺だって恥ずかしいけど、しょうがねぇじゃねぇか。じゃあ、俺ひとりでやるから、おまえ、いまから帰れ。帰ってチャアミイに可愛がってもらえ」「やります」「最初からそういってりゃいいんだよ」「よし、じゃあ練習しよう」「ええっ、練習するの?」って、いやがる菊池を促して、ウイスキーを飲み飲み、練習を開始した。「よし、弾け」と、布団にもたれ掛かっていうと菊池も真似をして布団にもたれ掛かって、さっきのフレーズを弾いたのである。「馬鹿野郎、そんなんじゃ駄目だ。客が金を払いたくなるような、なんかみんな知ってる曲を弾くんだよ」と足でギターを蹴ると、菊池はむっとして、「どんな曲だよ」という。「なんでもいいよ」じゃあ、ってんで菊池は、コッケコッケコッケコッケ、コカカーカコカカー、って、ジミ・ヘンドリックスの「紫の煙」のイントロを弾き始めた。まったくなんという間抜けであろうか。路傍で、ふぬへーほっはっへぇ、なんて歌えるか馬鹿。

「違う違う。分からねぇかな。もっと歌もんだよ、スタンドバイミーとかよ、あるだろ、そういうの」というと菊池はジミヘンをやめて、ズチャズチャズチャ、とスタンドバイミーのイントロを弾き始めたので、自分は安心して歌の練習にとりかかった。大声で、「へんざない、はずかむ」とここまで歌って、自分は愕然とした。自分は、この曲の歌詞を知らなかったのである。知っているのは出だしの、へんざない、はずかむ、のところと、サビの、ダーリンダーリン、というところだけであったのである。自分は歌をよして菊池に謝った。「わりぃ、わりぃ。俺、これ、歌詞知らなかったわ」「なんだ知らないの」と菊池は、露骨に馬鹿にした口調でいい、くそう、と、今度は歌詞を全部知っているかどうか確認してから「じゃあ、ここに幸あり、やろう」といって、あーらしーもー吹ーけーばー、かぜぇもぉ吹ぅくーうー、と歌い出すと、菊池は情けない顔をして、「俺、それ弾けないよ」といった。最後まで独唱していい気持ちで、「なんだ弾けないの、あっ、そっ」といってやると、意地になった菊池は、「じゃあ、メキシカンロック知ってる?」というと、ギターを弾いて自ら「メキシカンロック、おうおうおうおうおう、メキシカンルック、おうおうおうおう、なんて素敵なセニョリタ、信じられないセニョリタ、カリブの風が優しく響く」と、歌いだしたのである。最後まで歌い終わって得意げな菊池に、むかついた自分が、磯釣り音頭を歌い、それからは、じゃあ、あれ知ってるか、これ歌えるか、って、いかに相手の知らない曲をたくさん知っているか大会になり、終いには、「大黒音頭でどんとやれ」なんて苦し紛れの即興まで飛び出して、結局、なんの音合わせもせぬままに酔っぱらって寝てしまったのである。

7

トルルルルル、トルルルルルル。じゃかあっしゃい、どこのぼけじゃ。あほんだら。目が覚めると、薄暗い室内に響く電話の音、足元にちょうど菊池の頭があったのでけっ飛ばして、「おい、電話だよ、出ろ」というと、上半身を起こした菊池、「むかし、アラブの偉いお坊さんが、恋を忘れた哀れな男に」なんて、西田佐知子のコーヒー・ルンバを歌っている。いつまで歌合戦をやっているのだ。「電話だよ、早く出ろ」ってもう一度蹴ると、ずるずる這ってって、やっと受話器をとりゃあがった。

「ああ、はい、いいえ、はい、えっ？ ああ、はい、上田？ はい、ああ、わかんないです。えっ？ 二時？ はい。駅前の、はい、はい、はい」と、はい、ばかりいって、菊池は電話を切った。布団から出てカーテンを開け、布団の上に座りなおして「誰からだ、夏子か」と訊くと、菊池は黙ってメモを差し出した。メモをみると、下手くそな字で、S企画、サクライ、ウエダキョーイチ、にじ、むくどり、とある。なんのことやらさっぱり分からぬ。

「なんだ、こらぁ」「いゃあ、分かんない」「分かんない、っておまえ、はい、はい、いってたじゃねぇか」「うーん、そうだね」「夏子じゃねえのか?」「サクライっていってたよ」「男か」「おんな」「だから、なんの用なんだよ」「駅前に、むくどり、っていう喫茶店ある?」「入ったことねぇけどあるよ」「そこにね、二時に来てくれって」「だからなんの話なんだよ」「なんだか上田がどうとか、撮影がどうとか」「撮影?」「うん」「で、おまえ行くって返事したのか」「うん」「おまえ、日本茶とコーヒーとどっちがいい」「どっちでもいい」「はっきりしろ」「じゃあコーヒー」「なにがじゃあだ」撮影と聞いた時点で、自分にはだいたいの察しはついていた。つまりこれは仕事の依頼である。というのは、自分は、いまを去ること十余年前、映画に出演したことがあるのである。

『ロボット同心』というそのZ級映画は、民衆を苦しめる悪徳商人、伊勢屋笑右衛門一味が、村にぶらり現れた超人的美青年剣士、村上新十郎らに、ことごとく誅せられ云々、という、ごくありふれた勧善懲悪の、SFタッチの時代劇で、自分は、笑右衛門のホモ行為の餌食となり、後、笑右衛門の悪事の証拠を盗む目的で屋敷に侵入したところ捕らえられ惨殺される、ヒロインの弟、佐吉、という役どころで出演していたのであるが、当然、映画はヒットせず、公開三日目にして上映打ち切りとなり、その後、話題になることもなかったにもかかわらず、このところ、訳の分からぬもの、珍妙なものをどこからともなく探し出してきては愛好する、という手合いの間でにわかに評価が高まり、何度もリバイバル上映され、また、ビデオ化されたりもしたのである。

ところが、そんなことになったため、勘違いが勘違いを生んで、とばっちりは自分のようなものにも及び、ときおり、思い出したように、映画に出ろ、とか、テレビに出ろ、などといった話が舞い込んでくるようになったのである。もちろん自分としては、なにも好き好んで、かかる大黒面を世間の晒しものにしたくないので、それらの依頼は、すべて丁重にお断り申し上げていたが、ことここにいたってはいたしかたない、というより渡りに船で、「で、なんだ、うえだきょういち、とかいってたのか」「うん、なんか、作品がどうとか、いってたよ」って、その上田とかいうのは、なんだかわからぬが、自分は、気楽にコーヒーを飲んでいる菊池に「おまえ、これはうまくしたら金になるぞ」といったのである。

入ったところにショウケースとレジスター。ケーキ屋みたいな、『椋鳥』の広い店内。

マネージャー役に菊池を従えた自分が、ずんずん奥へ歩いていくと、並んで座っていたふたりの女のうち、若い方が、ぱっ、と立ち上がったので、あれだな、と、そっちへ歩いていくと、もうひとりの年増の方は、まったく我々に気付く様子がなく、テーブルいっぱいに資料を並べて、なにか書き込んだりしていて、我々が目の前までいってもまだ気がつかず、立っている女に肩をつつかれて初めて、ん？　と顔を上げて女の方を見、それからやっと、自分に気がつくと、「あっ」と、声を上げて、慌てて立ち上がったものだから、激しくテーブルに腰をぶつけ、コーヒーが資料の上にこぼれ、慌てた女は、資料を持ち上げると「あら、どうしましょう、あっ、大変、あっ、すいません」と周章狼狽して、すいません、すいません、と滅茶苦茶になったので、菊池と自分は困って、「ああ、大丈夫、大丈夫」なんて訳の分からぬことをいってるうち、やっとなんとかなったようなので、「楠木です」「マネージャーの菊池です」と名乗ると、年かさの方が、「あの、わたし、あの、桜井です」と漸く名乗り、若い方が、「すいません。ADの椚《くぬぎ》沢《さわ》です」と名乗ったのである。

自分たちが注文したコーヒーが運ばれるまでの間、奇妙な沈黙があって、伸ばした髪を輪ゴムで束ねた桜井が、唐突に口を切った。

「あの、楠木さんは、上田京一さんって御存知ですか」そんな名前はついぞ聞いたことがないので、「いやあ知りませんな」と答えると、桜井は身を乗り出して、「わたしと上田さんの出会いはですね、ええっと」というと膝に置いた資料の中から写真集を取り出して、せわしげにページをぱらぱらやっていたかと思うと、「そう、九〇年、一九九〇年の五月なんです。たまたま、ほんと、偶然だったんです。あたし、もう、感動しちゃって、これは、もっとみんなに見てもらわなきゃ、と思って、すぐ取材したの。それがこれ」と、今度は、鞄をごそごそやって、ビデオテープを取り出してテーブルの上に置いたのである。カセットの紙ケースには、フライングオクトパスの王宮、と乱暴なマジック書きで書いてあるが、なにがなにやら、さっぱり分からぬので、「その上田京一ってのはなんなんです」と訊くと、桜井は、急にしんみりした口調になって、「上田さんは、孤児院で育ったのね。で、七歳のときから、養父母に育てられたんだけど、高校生のときに、養父母も事故で亡くしちゃうの、それからアルバイトをしながら学校に通ったんだけど、もともとからだが弱くて、それで結局、学校の方はやめちゃって、住み込みの仕事を始めたのね、そこで出会ったのが……」と、いきなり、上田京一なる人物の身の上話を始めるので、「ちょっと待ってください。ええっと、もう少し具体的な話を聞きたいんですけど、これは、なにか出演依頼なんですか」と、訊くと、桜井が勢い込んで、「そうなんです。だから上田さんの……」と、また、喋り始めるのを椚沢が制して、「ええ、そうなんです。実はこの度わたしどもで、上田京一という作家の軌跡を追うビデオ作品を制作することとなりまして、その、リポーター役をぜひ、楠木さんに……」と、まっとうなことをいいかけると、また桜井が、「そう、そう、そう、そうなの、で、楠木さんに上田さんの作品に触れてもらいたいの」と、膝の上の写真集をテーブルの上に置いたのである。

磔刑のタコ、と題されたその写真を見ると、変哲もない海岸沿いの駐車場に十字架が立っていて、下に破壊され、黒く焼け焦げた、自動販売機、電話、冷蔵庫などの残骸がぶちまけてあり、十字架には、丸くて赤いものが幾つも千成瓢箪のようにぶら下げてある。ますます訳が分からぬので、「これはなんなんです」と、桜井に訊くと、「蛸です」というう。「蛸?」と聞き返すと、桜井は、「その人体は全部蛸でできているんです」という、どうだ、というふうに胸を反らせたのである。しょうがないので、顔を近づけてよく見ると、写真が暗くて粒子が粗いのでよく分からぬのであるが、丸くて赤いものは、いびつな人体を構成しているように見えぬこともない。また、それが蛸である、といわれればそんな気もするが、それがどうかしたのであろうか。あんまり分からぬので菊池に、「君、これ分かるか」と尋ねてみたが、菊池も「さあ」と首をひねるばかりである。桜井に「ちょっと、わかんないんですけど」というと、桜井は、「だから、蛸というのはもともと深海に棲むものでしょ……」とまた訳の分からぬ説明を始め、「そうかなぁ、たこつぼ漁なんて、沿岸漁業じゃねぇの？」口を挟む菊池を、「そんなことは上田さんの作品の本質とは関係ないの」と、きっと睨み、「それが駐車場で磔になっているのを上田さんは、こう説明する訳ね、蛸っていうのは、そもそもが軟体動物である。その蛸をぼくたちは普通、魚屋で買ってきて、茹でて食べる。茹でると蛸は真っ赤になる。いっぽう機械文明の産物である人々の限りなき欲望のパワーが自然に発火して、磔になった蛸は炎の中でますます赤く……」と、文章を読み上げるように言いつのるのである。もういい加減にしてくれよ、と苛々して「だから、そういう話じゃなくて、もっと具体的に、いつ、どこで、なにをするのか、とか」というと、椚沢が慌てていった。「そういうわけで、わたしどもとしては、ぜひ楠木さんに、実際に上田さんを知っている人にインタビューしてもらって、それを撮影したいんです」「で、上田って誰なんです？」と訊くなり、また桜井が身を乗り出してなにかいいそうになるのを遮って椚沢がいった。「要するにアーチストです」「ああアート関係の人なんですか」隣で、アート驚くタメゴローという菊池の足を、テーブルの下で蹴って、自分は訊いた。「じゃあ、その上田、って人にも会うわけですか」と訊くと桜井が口を挟んだ。「それが行方不明なの」「えっ」「ふらっと行方をくらましちゃって、わたしたちも困ってるんです。でも、わたしには心当たりがあるのよ。それはね、上田さんの九二年に発表した、例の作品に関係があって……」なんて、またうるせぇ桜井を無視して自分は、椚沢に質問を続けた。

要するに、上田というアーチストだかなんだかの知り合いの話を聞いてまわればいい、ということは知れた。そんなものは適当にやればよいが、いったいいつの話なのか。轍《てつ》鮒《ぶ》の急、という言葉もあるように、来月末以降の話であれば、てんから無駄な話なのである。

「で、いつ、どこに行けばいいんですか？」椚沢は、一瞬いい淀んで、菊池の方を見ていった。「スケジュールの方はどうなってます？」菊池は間髪入れずにいった。「スケジュールはまるあきです」まったくもってなんという愚か者であろうか。そんなことをいったら相手になめられるではないか。馬鹿者が。と内心はらはらしたが、椚沢は、別段、なめた様子もなく、更に悪そうに、「実は、明日からロケなんですけど、大丈夫でしょうか？」といったのである。自分は、ここで初めて合点がいった。つまり、桜井のあの様子では、満足なものは引き受けるわけがない、あらゆる候補者に断られ続け、ついにロケ前日になり、焦りに焦って自分のような半端な者のところに依頼に来たのであろう。

菊池が、全然大丈夫です、などという前に「まあ、なんとかしましょう」と勿体ぶって返事をすると、椚沢は、ほっとした様子で、書類を取り出し、三泊四日の過酷な日程についての説明を始めた。実にきつい日程ではあるが、まあ、しょうがねぇ、上田というのは得体の知れぬ野郎であるが、ロケ地は海に近いみてぇだし、旨い魚も食えるだろう、第一、チャアミイと吉田のことを考えれば楽勝である。椚沢がだいたいの説明を終えたので、自分は出演料の交渉を早くせよ、という意味で、再び菊池の足を蹴った。ところが、マネージャー菊池は怪訝な顔をして自分の方を見るばかりで、ぽかんとしているのでやむなく自ら、「で、ギャラ的なものはどういう風に？」と訊いたところ、桜井と椚沢は顔を見合わせ黙ってしまった。気まずい沈黙の後、椚沢が、「まだ全体予算が出ていないので、はっきりいえないんですけど、なにぶん低予算でやっているものですからご期待に沿えるかどうか」と言葉を濁すのである。自分は食い下がった。「しかし、そこのところがはっきりしないと、こっちも返事ができないんですがね」椚沢は困った顔をして、しばらく考えていたが、「今日中に、必ずもう一度電話しますから、ちょっと待ってもらえますか」といった。まあ、しょうがねぇ、じゃあ、そうしてください、と、マジックで、上田京一資料と書いてある封筒を受け取り、ぶらぶら家に帰った。

「あれ、やばいんじゃないの？」という菊池に自分は訊き返した。「やばいって桜井か」「うん、あれ絶対やばいよ。いってること訳わかんないし」「けど、やらないで月末までどうすんだよ」「どうしよう」「な、やらなきゃしょうがねぇじゃねぇか」「でもギャラがわかんない」「そうなんだよな。まさか、時給八百円ってことはねぇだろうけど」「じゃあ、やったら?」「気軽にいうなよ。おまえも行くんだぞ」「えっ、俺も行くの?」「当たり前だろう。俺も服屋やったんだから、おまえもマネージャーやれ」「わかったよ、やるよ、でも、あの上田っていうのも、訳わかんないよ」「そうなんだよなぁ、あっ、なんか資料もらっただろう」布団の上に放ってあった封筒の中には、撮影の日程を記した紙、さっきの写真集のコピー、新聞・雑誌の記事のコピー、略歴を記した紙が入っていた。

略歴には、上田京一、一九五〇年、福井県高浜町に、大工、竹井三蔵・うね子の次男として生まれ、三歳で両親と死別、その後、七歳までを同県内の孤児院で過ごし、やがて養父母、上田承平・貞子にひきとられるも、高校在学時に両親ともに事故死したため、高校を退学し単身上京、ゴム会社に就職する。この頃より、寮の先輩の影響で彫刻を志し、一九七〇年、同社を退職、美術学校に入学する。アルバイトに従事して学費を稼ぎながら、勉学に励むも学費が続かず、一九七二年、学業を断念して帰郷、刃物会社に就職。一九七四年、元ダンサー、草森裕子と結婚する。一九七八年、職場の同僚や舞鶴市の美術仲間らと、グループ若駒を結成、グループ展を開催。一九八〇年、同社を退職。

同年、裕子と離婚。一九八二年、京都府宮津市に転居、絵画教室を開くかたわら、精力的に作品を発表、各方面の注目を浴びている。主な作品、「磔刑のタコ」「タコ異化」「ドルメン川崎」など、とある。

どこがどうすごいのか、これでは分からない。略歴の下に当人の写真が載っている。口のすぼまった様子といい、金壺眼といい、あはは、蛸そっくりである。写真集のコピーを見ていた菊池に、「おい、ちょっとこれ見てみろよ」と紙を渡すと、しばらく難しい顔をして読んでいた菊池は、写真を見ると、げらげら笑い、「なんだ、これ当人が蛸じゃん」「そうなんだよ、当人が蛸なんだよ」「なに考えてんだよ」「わかんねぇよ」「げらげらげら」「げらげらげら」とふたりで笑っていると電話が鳴った。菊池は笑いやんで自分に訊いた。

「どうする?」「とにかくギャラが幾らか聞け。話はそれからだ」「わかった」電話に出た菊池は、また、はいはい、いっていたが、最後に、じゃあ、検討してかけなおします、といって電話を切った。「十万、っていってるけど」「やろう」自分と菊池は、「菊池さん、たら好かんたこ」「いやいや僕はいいだこ」などと、へなへなの鞄にティーシャーツや猿股を詰め、アラームをセットして寝たのである。

8

例えばシンナーやガソリンの匂い、ってあれ、いやな匂いではあるが、ときにそう悪くない、いや、なかなかおつなもんじゃねぇか、って思うことあるよな、それと同じで、なんでぇ、この安ホテル、新築だろ？　この、建材の匂い、ってのかい？　コンクリの湿った匂い、ってのかい？　これもなかなか悪くねぇよなあ、おい菊池よ、と自分はいわぬ。なぜなら、自分も、隣で自分と同様に、クッションの悪いベッドに寝っ転がっている菊池も、あのひどい撮影のせいですっかり虚脱してしまっているから。口をきくのも面倒なぐらい疲れ切っているから。

ベッドとベッドの間にあるプリント合板のティーテーブルの上には、冷蔵庫から随意に取り出した、缶ビール、ウイスキーのミニチュア瓶、まむしエキス、冷酒などの空瓶が林立し、正面のテレビジョンからは、『淫乱バスト・秘密の大戦略』と題されたたいへん興味深いビデオ作品が流れている。『淫乱バスト・秘密の大戦略』の主演女優は主演男優に大変な目に遭わされ、「ああ、いい、いっちゃう、いっちゃう、ああん、いい、いま現在、ちんぽが入っている」などと絶叫している。その絶叫をＢＧＭに、いま現在、自分が考えているのは、とどこに至った発端と経過についてである。

東京駅に集結した我々六人、すなわち、全身に活力を漲らせたディレクター桜井と、疲れ切った様子の椚沢、カメラマンの若者、VEの若者と、十万円に目が眩んだとはいうものの、宿酔と早起きで、ぼんやりしている菊池及び自分、各々、撮影機材と鞄と弁当と缶ビールを持って、勇躍、新幹線に乗り込み、若狭湾を目指したのが三日前。車中、各自自己紹介があり、カメラマンは伊藤、VEは田中、と名前も知れて、じゃあ、これから四日間、お互い頑張りましょうと誓い合い、ローカル線に乗り換えて目的の駅に到着し、かねて手配のレンタカーに荷物を運び込んだ。

ぎゅうぎゅうレンタカーに乗り込んだ我々はまず、一九八八年に、上田京一が作品を出展して好評を博したという美術展を開催した県立の美術館の学芸員の話を聞くべく、美術館に向かった。桜井は、異常に興奮していて、ひとり大声で、「あのときはね、ほんと凄かったらしいの。もう、あのよ、あの、お高くとまった美術館の床一面に真っ白な灰が敷いてあって、人が歩く度にもうもうと舞い上がって、そのぼんやりした視界の中に幻想的に浮かび上がる、真っ黒な蛸が、その蛸の色が……」とか、「上田さんにとって蛸は、エロスの権化で、もう本当に切実などうしようもない……」といって黙ったかと思うと、突如、「そう、そうなのよ、ああ、いいわ。いいのよ」と怒鳴ったり、と大騒ぎを演じていた。

　カメラがまわり、自分は、まじめくさって用意された質問事項を読み上げた。「上田京一氏の作品は、物議を醸しつつも好評を博したそうですが、具体的には市民からどんな反応がありましたか？」なんて。ところが、生真面目な感じの学芸員は、「上田氏は当美術館主催の展覧会に出品したことはありません。したがって、その質問には答えられません」って、意外なことをいうのである。桜井の事前の説明によって、好意的な答えを予想していた自分は、ことの意外な成りゆきに驚愕して、例の写真集を取り出して指し示し、「でも、ここに、ほら、『物質と記録展』ってあるじゃん」と訴えると、学芸員はこともなげに、「それは、わたしどもの、『物質と記憶展』とは一切関係がございません」といい、慌てて、写真集を見ると、県立美術館の名前はどこにも書いておらず、そこで初めて、『物質と記録展』は、上田が自らの所属するグループのグループ展として企画されたことが、判明したのである。

　なんという不調べであろうか、と、桜井を見ると、口をとんがらかして、あらぬ方を見て不貞腐れているばかりで、質問の根拠をすべて失った自分は立ち往生し、「じゃあ、あなた自身は上田京一氏をどう評価しますか」と質問すると、学芸員は、「個人的にはまったく興味がありません。また、わたし自身、その人のことをよく知りません。しかし、地方に根ざした文化の発展のためには、そういう人物もいていいと思います」と極めて公式的に答え、「じゃあ、よろしいですか」と、忙しげに立ち去ったのである。我々は這々《ほうほう》の体《てい》で逃げるように美術館を後にした。ところが、桜井は、自らの失態を棚に上げ、ぷんぷん怒っており、「やっぱり、ああいうところのひとはだめよね全然分かってないのよ、ああいう人が地方の文化を駄目にしている。哀れな小役人!」などと、学芸員を呪詛してやまぬのである。

その後も、我々は、レンタカーで市内を右往左往して、地元の画家、高校時代の友人、地元の喫茶店経営者、地元美術界の事情通、上田の友人である写真家、地元のミュージシャン、単なる知人、地元の魚屋、にインタビューしてまわったのであるが、「あれは、ただのお絵かき教室の先生だよ」「わたしにはああいうものは分かりません」「ツケがたまってんだよなー、どこいったかあんた知らない?」「なにがやりたいのか自分でも分からないまま、はったりかましているうち、自分で自分にはまっちゃったのさ」「俺の方が才能があるから東京で売り込んでくれよ」「宣伝とか、そういうのはうまかったね」「よく一緒に飲んだけど何やってる人かは知らない」「うちで蛸を買ってったことはないねぇ」など、桜井が期待する、上田の作品の素晴らしさを立証したり、人格・識見を称揚するような答えはまったく返ってこず、むしろ否定的な見解を述べる者がほとんどであったのである。

魚屋のインタビューを終えた時点で、先行きに不安を抱いた自分は、菊池に今後の展開について相談をもちかけた。「おい、なんだか雲行きがおかしいじゃねぇかよ」てめぇがやらなくていいものだから菊池は、「だから、やばいっていったじゃん」なんて気楽で、「そうか。やっぱり、やばいか」「やばいよ」「上田ってのは、やっぱりインチキ野郎かもしれねぇしな」「あたりまえだよ。あんな奴よくいるんだよ」「蛸の模型作る奴がか？」「そうじゃないけど、まあ、あんただって昔やってたじゃん」「いうな、馬鹿」「だからさ、適当にやって金さえ貰えればそれでいいじゃん」「そうだな」「そうだよ」って、菊池の助言により、わりと初期の段階で、この仕事に臨む基本方針は定まったものの、困ったことが出来した。

というのは、二日目あたりから、桜井が、インタビュー中に口を差し挟むようになり、それがだんだん増えてきたということである。適当なところから質問に入り、やっと会話が成り立ちかけた頃、たまらなくなった桜井がカメラの向こうから質問するのである。また、この質問というのが「あなたは上田さんの作品のどこに感動しましたか？」とか「どこが素晴らしいと思いましたか？」とか「上田さんの、あの天才的な発想はどこから生まれてくると思いますか?」なんて、ただ一方的に自分の思いこみを押しつけるも同然の質問で、そうなるとみんな、奇妙なものを見たような顔になって「まあ、難しいことは分かりませんが」とか「いいとおもいます」とか「僕は見てません」といった、適当な答えでお茶を濁して、結局、使えるような映像はなにも撮影できぬのである。

三日目になると、桜井はもう、インタビューを開始した時点ですでに怒っていて、「凄いと思ったんでしょ」「嘘をいっても分かりますよ」「正直にいいなさいよ」なんて、もうインタビューでもなんでもない、意味不明の不条理な脅迫、ということになってしまい、まあそれならそれで、金さえ貰えれば、自分は構わぬが、移動中の言動も次第におかしくなってきて、「やっぱりあれよね、クヌちゃん。あの写真家は馬鹿よ。上田さんの才能に対する嫉妬よ。ねぇー、嫌だわ」と、嫌味な女学生のような口調でいったかと思うと、日程表をめくって別撮り映像の演出プランを考えているのか、ぶつぶつと「ベッドに女がひとり仰臥している。ふと、呼び鈴がなる。ドアーを開けると巨大な蛸が、きゃあ。恐い恐い。女は急いでドアーを閉めてベッドに戻る。するとベッドには金色の蛸。吸盤がぬるぬる。なんて恐い蛸だろう。なんて凄い蛸だろう。急いで窓に駆け寄る。するとそこにも蛸がびっしりと。気がつくと部屋は蛸で埋まっている。ぎっしりと……。真っ赤な茹で蛸が。ああ、あたしは恐い。あたしは恐いのよ。ぎゃあああああ。ぎゃあああああ。どいて、どいて、ああ、また蛸だわ。きゃあ、きゃあ、蛸がいっぱいなのよ。世界中蛸だらけだわ。おほほほほほほほ」と高笑いして急に笑いやみ、一転、静かな調子で菊池に、「でもあれかしら、犬は音楽を感じるのかしら。メロディーって、音階でしょ、ああいうのを犬は綺麗と思うのかしら」といい、菊池が答えられないでいると、ひとりにやにやして鼻歌を歌ったりするのである。これには、菊池と自分ばかりではなく、スタッフも段々気色悪くなって、車内は異様な緊張に包まれたのである。

そんな調子で、いったいこれをどうやってまとめるのか知らぬが、撮影は、その日一日を残すのみとなり、我々は、上田の高弟かつ片腕で、上田作品の本質的な部分にかかわっているという中川なる人物と「磔刑のタコ」が制作された海岸沿いの駐車場で待ち合わせ、そこで若干の実景的撮影を済ませた後、上田の弟子達が待つアトリエに向かった。

アトリエとはいうものの、外観はごく普通の民家で、応対に出た、やや派手な美人に案内された座敷も静まり返った尋常の六畳間だった。茶を飲みつつも、あんまり静かなので、あの、皆さんは、と訝る我々に、女は冷静に、皆さん二階でお待ちです、と答え、じゃあ、早速始めようじゃねえか、と、どやどやと我々と機材が二階へ上がっていくと、二階は、だだっ広い板の間で、下は三十、上は七十、くらいの、女ばかりが十二、三人、座布団も敷かずに神妙な面持ちで、飲み物を前に正座していた。

この取材にすべてをかけているとみえ、昨日までの狂態が嘘のように物静かで、それがかえって不気味な桜井は、「今日はわたしがインタビューするから、楠木さんはいいです」というと、カメラの位置や角度の指示も的確に行い、女たちに、いつものように、「で、どうでした？」といった。途端、これまでとは違って、たちまちにして、場に気合いが漲って、女たちは口々に、「神のような人でした」「人生が一変しました」「わたしは大変辛く惨めな人生を送ってきたが、先生と出会い、毎日が喜びに満ちあふれた。先生がいなくなって大変悲しい」から始まって、「先生が猫を捕まえた」「先生がわたしの絵にペンキをぶちまけた」「酔っぱらってわたしの主人を殴った」「絵をわたしにくれた」「食事をしていたところ急に立ち上がって、どこかへ消えた」「褒めてくれた」「貶してくれた」「笑った」「泣いた」などという当事者以外には、きわめてつまらぬエピソードを次々と語り、それが、いつまでも止まらぬのである。ところが桜井は、そのような話にいちいち感動し、いつの間にか中腰になって、うんうん頷きながら目に涙を溜め、VEがバッテリーやビデオテープを交換する間にも、「で、どうでした？」「で、どうでした？」と、質問を続け、インタビューは永遠に続きそうな気配なのである。

ああ、なんと退屈な、いつまでやっているつもりであろうか、こんなものを観る奴がいったい何人いるのであろうか、日本中で三人くらいいるのか、やっぱり、と、隣をみると、いるはずの菊池と中川がいない。階下におりたのかよ、って、カメラのフレームに入らぬようにルートを選んでおりていくと、緊張感の漲る二階とうってかわって、階下にはだらだら感が漲っていた。さっきの六畳で、菊池、中川、それにさっきの女の三人は酒を飲み、楽しく談笑していたのである。自分は菊池に問いただした。「おまえ、なにやってんだよ」「いや、もう出番ないと思って」「だったら、俺にも声かけろよ」「真剣に聞いてたから悪いと思って」「馬鹿野郎。マネージャーの分際で勝手に酒を飲むな。俺も誘え」「ごめんごめん」と菊池は笑い、中川が女に、「おい」と目配せすると、女がグラスを持ってきたので、自分も仲間に入った。注がれた日本酒を一口飲んで自分は中川に訊いた。

「中川さん、いいんですか」「えっ、なにがですか」「なにがって、こんなとこで酒飲んでていいんですか」「ああ、上の連中ですか？　あんなの、ほっとけばいいんですよ。好きにさせておきましょう」と、中川は気楽な調子でいうのである。「でも、あなた上田さんの弟子なんでしょ」「やめてくださいよ。あんな連中と一緒にしないでくださいよ」「えっ、でも、駐車場で先生を尊敬してるって」「なにいってんですか。あんたたちカメラ回してたでしょ」「えっ、じゃあ」「まあいいじゃないですか、飲みましょう」って、中川は女に酌を促した。あっ、どうも、なんて、残った酒を一息に、飲み干して酌を受けつつ、自分は中川に話しかけた。「しかし、緊張感ありますね」「まあ、実際、狂ってると、僕なんか思いますよ」「なにがですか」「だって平気で猫を殺したりするんだもんなぁ」「誰がですか」「上の連中ですよ」「なんのためにそんなことをするんです」「いや、なんかでみんな集まっててね、ここで上田が、はまちかなんかで一杯やってたんですよ。そしたらね、いつも、この辺をうろうろしてる猫が、隙をみてはまちを盗んでったんですよ。そしたら、上田、あんな人間でしょ？　真っ青になって怒っちゃってね、捕まえてこい、ですよ」「で、どうしたんです？」「連中がまた、本当に捕まえてきちゃったんですよ。それで上田がぶち殺せ、って叫んで」「わちゃあ」「大変でしたよ、この世のものとも思えぬ声で鳴きますからね」「わちゃあ」「ところが上田は、騎虎の勢いで殺せなんていっちゃったものの、実際そうなるとびびって、二階へ逃げちゃったんですよ。ところが連中、上田が逃げたんだから、やめりゃあいいものを、先生のいつけじゃから、とかいって」「やっちゃったんですか」「押さえつけてね、包丁で、ばっ、って」「わちゃあ」「叩いたんですけどね、致命傷じゃないです。そこの流しに転がってた、錆びた菜切り包丁だったんで。猫は凄い声で鳴いて逃げていきましたよ。だいぶ血が出て掃除が大変でしたよ。あと臭いし」「死んだのかなあ」「いや、相変わらず、この辺うろうろしてますよ。はは。逆に上田が逃げちゃって。ひどい話ですよ。笑っちゃいますよ」「でも、さっきは、あの人達、普通に見えたけどなぁ」「だから狂ってるんですよ」「そういや、うえ、静かですね」「そうですね」と、自分と中川が喋っている間、菊池は女と仲良く話している。

しかしまあ、これで撮影も終了することであるし、ギャラを受け取ってお疲れだな、なんて思っていると突然、それまで静かだった二階でどたばた音がし、信者連中が、どどど、と下りてきて、ものもいわずに、どんどん玄関から出ていく。なるほど撮影もついに終わったか、なんて気楽に談笑を続けていると、梛沢が下りてきた。顔色が変わっている。「なんかあったの」と尋ねると、梛沢は、熱っぽいインタビューが進行するにつれ、話は、誰が一番、上田の寵愛を受けていたか、という話題になり、初めのうちは、弟子のおばはん達の間で、いや自分が一番、可愛がられていた、愛されていた、という言い争いになって議論は紛糾したが、ついに話は、じゃあ、誰が上田と枕をともにした回数が多いか、というところにまで墜ち、七十の婆さんまでが、自己主張を始めた時点で、はっ、たかが田舎のおばはんがなにをいう、わたしは上田に最も頼りにされているビデオ作家である、と自ら恃《たの》むところのあった桜井が、上田に寝てもらっていないのは自分一人であるという事実に愕然として、利用されているだけの馬鹿女ども、田舎もの、腰巾着、無知蒙昧の愚民などと、口をきわめて彼女らを罵倒したため、突如、結束した彼女らに袋叩きにあい、精神的ショックも相俟って人事不省に陥って、現在、アトリエの隅で悶絶昏倒している、と吐かしたのである。

「とりあえず、ホテルで待機して下さい」という、椚沢の指示に従うより他になす術もなく、海近くのホテルにチェックインした菊池と自分は、ベッドに転がり、『淫乱バスト・秘密の大戦略』を鑑賞している。主演女優の絶叫の合間に、波の音が、たっぷん、たっぷん、微かに聞こえて、自分らは黙って、ちゃっぷん、ちゃっぷん、ビールやらウイスキーやらを飲んでいるのである。

9

なんとも歩きにくいことであるよなあ、って、砂浜。よろよろ足を取られて歩いていると、だんだんに浜ということ自体に腹が立ってくる。なにゆえ、かかる僻地の浜を、こんなに苦労して歩かねばならぬのか。

『淫乱バスト・秘密の大戦略』の感動のラストシーンを見終り、虚脱の果てに、菊池と自分、このままではいけない、なんとか事態を打開しなければ、と、どちらからともなく言い出して、椚沢の部屋へ押しかけてって強談判、半ば奪い取るように、半金五万円を獲得し、あとは後日、振り込めよ、振り込まない場合は殺す。って、部屋に戻るとまた陰なので、そのままふらふら表へ出て、海岸沿いの喫茶店、きゃあきゃあしけこんでうどん。なんで喫茶店にうどんがあるのか知らぬが、うどん。菊池とふたりうどんをずるずる食って、窓から外を見ると海。右手に岬があって、突端に赤い鳥居がちょぼちょぼっと見える。「おい、ちょっとあの岬まで行ってみるか」「そうしますか」って、代金を支払って浜におり、岬を目指してよちよち歩き始めたのである。

しかし、なんというか、砂浜に、高さ50センチくらいの固い草が疎らに生えていて、この草の餓鬼ときたら、ふざけたことに、表面に鋭い刺がびっしりあって、擦れるとまことに痛く、また、砂浜のほうぼうにはヘドロが積んであり、ごみが散乱していたりと、まことにもって不快な浜辺なのである。よろよろしながら自分は菊池に訊いた。「おまえよ、さっき上田のところで、話してた女いただろ、あれ、なんなんだよ」「分かんない」「分かんないっておまえ、じゃあ、なに話してたんだよ」「いや音楽の話とか」「あれなにやってる女なんだよ」「喫茶店やってる、っていってたよ」「ちょっといい女だったな」「ちょっといい女だったたな」「真似するな、馬鹿」「ごめん」「後でいってみるか」「場所聞かなかった」「そうか」って、相変わらずよろよろ歩いていくのだけれども、岬まではまだまだ距離があって、自分は落ちていた白い流木を拾って杖にした。

菊池と自分は、突如として、幅3メートル、深さ30センチの流れに行く手を遮られた。流れの元は、右手の国道のコンクリート土手にぽっかり空いた大きな穴であった。下水か農業用水の流れの果てであろうか、穴から流れる水は茶色く濁っている。菊池、どうするよ、じゃぶじゃぶいくか。って、しかし、見たところ流れの底には汚泥が堆積しているようであるし、その汚泥にはきっと、割れたガラス瓶や缶飲料のプルタブ、猫の腐乱死体や人糞の類が埋まっているに相違ない。また、流れそれ自体にも、有毒・有害物質が含まれているであろうことは容易に推察されるのである。腐乱死体や糞尿を踏んで歩くのは、もちろん不快なものだが、ただ不快というのではなくしてこの場合、割れたガラス瓶等で足を切り、その切り傷から破傷風菌が体内に侵入し、終いには両足切断というような事態に発展せぬという保証はどこにもないのである。危険なものが堆積していないか確認しようと、じっと目を凝らして茶色い流れの底を見ていると、やはり予想通りきらきら光るものがある。ほらね。やっぱり。となおも観察していると、20センチくらいの黒い楕円形の物体があって、ときおり水の中を、つー、と移動する。

「おい、この黒いのはなんだよ」って訊くと、菊池は、「あっ亀だよ」と、だしぬけに水の中に手を突っ込んで亀を捕獲した。捕らえられた亀は、首と手足を甲羅の中に引っ込めている。水の中をよく見ると、亀はあちこちにいて、自分も、息を詰めて頃合を見計らい、がっ、と摑むと、表面はぬるぬるして、しかし、全体に固いような柔らかいような感触があって、亀は簡単に捕れた。

しばらく捕獲作業を続け、流れのかたわらにあった焚き火用のドラム缶に入れた亀を数えると、都合八匹も獲れていた。半分くらいまで真っ黒な灰が溜まって、上にペットボトルやら蜜柑の皮やら注射器やらの捨ててあるドラム缶の中で、亀は、下の方で甲羅に縮こまっている一部の無気力な亀を土台に、首をいっぱいに伸ばし、いままさに逃散・逃亡せんとしている。呆れた亀である。人がせっかく苦労して集めてやったにもかかわらず、逃げようとはふてぇ野郎だ、こういうのは畜生の浅ましさ、亀の浅知恵というのだ。そこで自分は、もっと大きな試練を与えられればこいつらも、少しはやる気を出してくれるだろうと考え、菊池にいった。

「おまえ、乾いた木の枝、探してきてくれ。俺、この亀、見張ってるから」「なにすんの」「焚き火だよ」「あいよ」って、自分は、菊池が次々と持ってくる流木を折り、そこいらの燃えるごみも集めて焚き火を拵え、ドラム缶の中の亀を次々投入した。ところが亀は、さっきは逃亡を企てたくせに、今度は、捕らえられたときのように、首と手足を縮こめるばかりで、なんら積極的な行動に出ようとせず、結果、熱せられた亀の肉は甲羅の中で膨張して、次々と威勢よく、ぽんぽん爆発したのである。ああ、亀を爆発させてしまった。こんなことをしているから自分は駄目なんだな、と、火のそばにじっと座り込んでいると、なお流木を集めていた菊池が音を聞きつけて、よろよろやってきて、手に持った流木を火にくべていった。「なに、どうしたのいまの音」「亀が爆発してしまった」「えっ、亀、燃やしたの？」「逃げると思ったんだよ」「そうか。亀って爆発するのか。知らなかった」「俺も知らなかった」「臭いね」「ああ臭い」「どうしようか」「部屋へ帰ろう。亀も爆発したし、もういいだろう」「もういいよ」立ち上がり、もと来たほうへ戻りかけたら、向こうから歩いてくる人の姿があった。もしかしたら、いまの一部始終を見ていた人があって、貴様、いま亀を爆発させただろう、なんて詰問されるかも知れぬ。「おい、誰か来るぜ」「そうだね」「亀のことで怒られるんじゃないか」「そうかもしれない」「どうしよう」「どうしよう」って、背後は、汚泥と亀の川、左は国道の土手、右は海、絶体絶命のピンチである。

菊池と自分は、人影とすれ違いになるように、いったん海側に歩き、それから左に曲がり歩き出したが、我々の不審な行動を見た向こうは、ますます怪しいと思ったのか、真っ直ぐ砂浜を斜めに横切って、こっちへ向かってくるのである。菊池がいった。「どうしよう、こっちくるよ」「目をあわすなよ」こっちをじろじろ見ながらいったん通り過ぎた、その人物は、二、三歩行ったかと思うと、背後から、だしぬけに、「ちょっとすみません」と、我々に声をかけたのである。菊池に訊いた。「おまえ喧嘩強いか？」「弱い」「俺も弱いんだよ」と、立ち止まって振り向くと、ソフトスーツの芸能やくざみたいな男は、「あなた、楠木って人でしょ？　僕、上田なんだけど」と名乗ったのである。「フロントで訊いたら、国道のほうへ下りてった、ていうので来てみたんですけど」「おたく、行方不明じゃなかったの？」「ええ、まあ、僕もちょっと落ち着いて制作に没頭したかったんで、あるところに行ってたんですけど、でも、桜井さんには参りましたよ」「なんかあったの」「撮影でなんか揉めたんでしょ？　あの後、また桜井さんが暴れだしたらしくて、中川の手に負えなくなったんですよ。で、しょうがないから、僕が彼女の部屋へ行ったんです。そしたら、もう手がつけられないくらいに興奮して、僕はとりあえず、ラウンジで落ち着いて話そうっていって、おりて待ってたんです。けど、こないんですよ、そのうち救急車が来て」「えっ、どうしちゃったの」驚いて尋ねる自分に、上田はあっさりと答えた。「彼女、窓から飛び降りちゃったみたいなんです」「えっ、じゃあ、もう」「いえ、部屋が二階だったのと植え込みに落ちたんで、捻挫で済んだらしいんですけど」

あまりに上田が落ち着き払っているので、だいたいがこいつの、幼稚なおばはん騙しとみえすいたメディア戦略が元で、自分たちがこんな苦労をするのだ、なにを納まりかえってやがる、似非アーチストが、と、腹が立ってきて、自分は上田にいった。「で、俺たちにどうしろと?」「いまいったとおりで、この件に関して事件性は全くないんですけど、もし万が一、警察になにか訊かれるようなことがあったら、今日、中川に聞いたことなんかを喋らないで貰いたいんですよ」「なんで」「直接、事故には関係ありませんん。でも、なにぶん田舎のことなんで、あらぬ噂がたつと僕も困るんですよ」「もうたってるんじゃないですか」と聞くと、初めて上田は、にやりと笑い、「とにかく、お願いしますよ」と、いったのである。それまで黙って上田と自分のやりとりを聞いていた菊池が、「俺たち、ギャラを半分しか貰ってないんだけど」といい、それまで余裕をかましていたくせに、急にムスッとした口調で「あと幾らなの」と訊く上田に、「あと八万円」といって、上田から紙幣を受け取ったのである。

上田が引き返していくのを見送って、自分は菊池にいった。「おまえ、なかなかやるなあ」「まあね」「しかし、あいつあっさり払ったな」「まあね。でもあいつ、写真と顔が全然違うね」「あの写真は別人だろう」「そうだね」「あいつも大黒のクチだな」「でも頑張るね、彼は」「頑張りすぎだよ」「そうだとも」と、菊池は声色でいった。「なんだ、それ」「なんだか分からない」「おまえよぉ、明日東京に帰ったらどうする?」「どうするって」「俺の家に来るんだろ」「いったん帰るよ」「帰るってどこへ」「自分の家」「けどおまえ、チャアミイが来るかも知れないぞ」「もう向こうは忘れてるよ」自分と菊池はしばらく黙った。「そうか。帰るか。じゃあ、金を分けよう」「ありがてぇ」「じゃあ、ちょっと座れよ」って、さっき、うどん代金を支払った残りと、いま上田から受け取った分をあわせて二等分にした。「おまえ、それだけで大丈夫か」「まあね。なんとかするよ」「そうか」と、寝ころんだ自分を見ていた菊池は、突然、「くっすん」といった。「なんだよ、くっすんって」「あんた、楠木だろ、だから、くっすんっていうのはどうかな、愛称として」「馬鹿野郎」「だめか」「やめてくれよ」「あんた、あれだな」「なんだよ」「そうやって、木の枝を持って寝転がってると、あの大黒にそっくりだな」といって、菊池は立ち上がると、流木を拾い右手に持ち、捨ててあった漁網を拾って左肩に担ぐと、にやにやした顔を造って、「ああ自立しない、けらけら」と後方に転倒した。自分は、「違う違う、あれは、おまえ、いったん後ろに倒れて右を向くんだ」って、立ち上がってお手本をやった。寝転がって見ていた菊池は、「ちょっと、ひねりを加えるんだね」と、何回か練習を繰り返すうち次第に上達して、顔の表情などもよくなってきたので、「その呼吸を忘れないようにな」といってやると、「ああ、そうする」と息を弾ませ、「あの大黒捨てちゃってもいいかなぁ」という。自分は、「好きにしろ」と答え、菊池と自分は、へらへら笑い、たまに後方に転倒したりしながら、流木を持って、歩きにくい砂浜をよろよろ戻っていった。

10

で、自分は豆屋になろうと考えた。しかし、いったい、どうしたら豆屋になれるのであろうか。

さんさんと陽が射し込む居間、座敷の真ん中の座卓、座卓の上の、急須、湯呑、カメラ、灰皿、新聞、そして、鉢植え、ラタンの飾り棚、猫のデッサン画、タピストリー、天使のタブロー画、などにくっきりと光と陰。これら見慣れたものどもが、ことごとく実用性を喪失したようで、ただ空しくそこにあって、自分もまた、ねじり鉢巻で、毛皮の敷物の上に立ち上がり、大声で叫んだのである。

「豆屋でござい。わたしは豆屋ですよ」なんて。

河原のアパラ

1

おおブレネリ、あなたのおうちは何処？ わたしのおうちはスイスランドよ。綺麗な湖水の畔なのよ。やーっ、ほーっ、ほーとランランラン、って、阿呆か俺は。なにもかかるケンタッキーフライドチキン店の店頭で、おおブレネリを大声で歌わなくてもいいじゃないか。ね、ごらん、店員も客も、みな奇妙なものを見るような目をしている。やめてくれないか、そんな目でわたしを見るのは。わたしは狂人ではないのだよ。ただ、この歌が止まぬのだ、ほーとランランランがね、やほほ、って、終わったかと思うと、ややあって、また、おおブレネリ、あなたのおうちは何処？ って、始まっちゃうしね、かなわんよ、ほんと。しかしね、自分だってなにも、ただ無闇に、おおブレネリを歌っているわけではなくって、自分は、フォークソングが好きなのね、元来。その元来フォークソングが好きなところへさして、いまから約三十分前、この混雑するフライドチキン店にぶらり入った瞬間、やっぱりこれはやるべきでしょう、と思ったんだな。なにを。つまり、あれ、そう、フォーク並び。

自分は、日頃から、フォーク並びを考えた人は、天才だと思っているのだけれども、例えば、公衆電話。ボックスは三つ。いずれも使用中である。この局面において、待っている人たちが、それぞれ独自の判断で、三つのボックスの前に三列に並んだ場合と、まず一列に並び、順次、空いたボックスに入る、いわゆるフォーク並びの場合と、各人の平均待ち時間はどちらが短いだろうか？　やほほ。当然、フォーク並びである。だから自分はフォーク並びが、もう好きで好きで仕方なく、ことあるごとにフォーク並びを推賞しているのだけれども、ところが、このフライドチキン店の客と来たら、ただ漫然とカウンターの前にもごもご蝟集《いしゅう》するばかりで、いっこうにフォーク並びをせんのだ。

そこで自分は、これではいかん、この人たちは、あの愉快なフォーク並びを知らぬのだ、よし、自分が教えてやろう、と、レジカウンターと入り口のガラス戸の中間地点に立ち、カウンターの空くのを待ったの。ところが、そうして身をもってフォーク並びを教示してやっているにもかかわらず、後から入ってきた客は、自分をどんどん追い越して、相変わらずレジ前にもごもご屯するばかりで、そこで自分は考えて、小声で、「フォーク並び、フォーク並び」「フォーク並び、した方がいいな、きっと」などと呟き、暗に、戻って自分の後ろに並ぶように示唆したのだけれども、誰も戻って後ろに並ぼうとはせず、それぱかりか、さらに後から入ってきた若い男の客が、「邪魔なんだよ、退けよ、馬鹿野郎」と自分を突き飛ばしたのである。

自分は逆上・激怒した。そらそうだろう、自分は純粋の親切心から、みんなのためを思ってフォーク並びを教えているのだ。にもかかわらず、退けよ、などと罵倒する。突き飛ばす。まったくもって、なんという我利我利亡者どもであろうか。って、嚇っとなった自分は、その若い男にテロルをしそうになったのだけれども、いま現在の、自分の立場を考えるとそれもならず、感情を抑えようと、つい口をついて出た、おおブレネリ、最初は小声だったのが、歌ううちだんだん、たまらなくなって、気がつくと大声で歌ってしまっていたのであった。やほほ。

って、しかし、そもそも、フライドチキン店など入るからこんなことになるのであって、自宅で飯を拵えてそれを食しておれば、なにも、かかるフォーク並びもできんような馬鹿者の群れ集うフライドチキン店の店頭で、おおブレネリなんぞ歌うはめにはならなかったのであって、じゃあ、なんで自分は、家で飯を拵えないで、フライドチキン店なんぞにのこのこ入って行ったのか？　その理由はただひとつ。我が家では、火が使えぬのだ、火が。つまり、家にはガスがきとらんのだ、ガスが。そしてこれは、料金の支払いが滞ったため、怒ったガス会社が供給を止めた、という事情によるものではなく、そんなことなら、滞った料金さえ支払えば直ちにガスが供給されるわけであるから話は簡単であるが、自分のところの場合、そうではなく、そもそもガスの配管自体がなされていないのだ。やほほ。

いや、越した当初は、プロパンガスのボンベと配管が確かにあったのである。まあ、自分の場合、引っ越したって、なかば夜逃げのように越してきたのだから、大した荷物もない、紙袋一個で、だから引っ越しは、実にあっけなく終了し、蕎麦をそう言って食うまでもねぇだろう、しかしまあ、茶くらいはいれるか、ってんで、流し台の脇にあった鉄の焜炉に薬缶をのっけ、バルブをひねってマッチを擦ったのだけれども、すう、とも、しゅうともいわぬので、はっはーん、プロパンが切れてんだな、って、ボンベに書いてある燃料店に電話をかけたところ、いそいそやってきた、きまじめそうな燃料屋の親爺、そのボンベを見るなり、「あっちゃあー、こんなのまだあったのかよぉ。あぁぶねぇよ、やべぇよ」ってえから、なんだ、って訊くと、「こういう旧式の配管は現在の法律では認められていない。したがって燃料を充塡できない。ボンベは危険だから持ち帰る」というのである。それは困るので、「じゃあ、配管をやれよ」というと、それは工事屋の仕事で、燃料屋の管轄ではない、と吐かし、ボンベを取り外すとそそくさと帰ってったのである。通常であれば、こういう場合、家主もしくは周旋屋に電話をかけ、ガスが使えねぇじゃねえか、馬鹿野郎、どうしてくれる、と苦情を言えばいいのであるが、自分の場合、そうも言えぬ事情があり、ガス状況は改善をみないまま放置され、少しでも金を節約したいにもかかわらず、腹が減ったら外食、すなわち、ケンタッキーフライドチキン、立ち食いスタンドなどを利用せんければ相成らん状況が、いま現在まで続いているのである。やほほ。

って、じゃあ、もう一歩進んで、なぜ自分がガスの出ない家に住まなければならなくなったのか？　を考えるに、その理由は、基本的には、フォーク並びの一件からも類推されるように、だんだんに世の中が悪くなって、自分さえ良ければそれで良い、他人などうなっても知ったことではない、俺はチキンを食うのだ。あとコールスローサラダと、サンドウィッチも戴こうかしら？　後ろの奴なんか関係ねぇよ、ぶっ殺す、という思想が人民の間に蔓延しているからである。が、しかし、だからといって自分は、そういう悪の思想に染まるのは嫌なのであって、みんなやってんだからいいじゃん、ではなく最終最後には、悪が滅び善が栄える、と信じて、この歳まで、けっこう頑張ってきたのである。そのために迫害と差別を受けたこともあった。上司や同僚との摩擦もあった、軋轢もあった。したがって、自分が落ちぶれたのは、自分が、善だから、と言えぬ事もない。ないのであるが、そんな、善な自分も、つい一月ほど前まではガスのある部屋に住んでいたのであり、なにも自分は、社会が悪いから、自分はガスの出ない部屋に住む破目になったのだ、などと嘯《うそぶ》いて、自らを省みるということをしないで、ただただ他人を呪っている横着者ではないのであって、つまり自分は、自分がこうなってしまったのは、そういう社会とか政治のせいではなく、はっきりと、天田はま子のせいである、と言っておるのだ。やほほ。

2

細いきつね目と、いつもぽかんとだらしなく開いたぼってりした唇がちまちまくっついた、色白でのっぺりした顔の、年齢のわりには妙におばさん臭い髪型の、背が低くてずんぐりした体型の、がに股でちょかちょかした足どりで歩く天田はま子は、いまから約一カ月前に、自分や淀川五郎が勤務していた立ち食いうどん店『みんなのうどん』に新規に雇い入れられたのだけれども、どういうわけか、はま子のその根性は著しく腐敗していて、はま子が来てからというもの、もっぱら、その腐った根性のせいで、『みんなのうどん』は混乱のうえにも混乱を極めたのである。

立ち食いうどん店員が勤務中、絶えず要求されるのは、阿吽《あうん》の呼吸、和の精神であって、うどん作りの技術でもなければ、客に対する愛想の良さでもない。例えば、ひとりの客が、ふらここ、と自分の前に立ったとする。自分は、コップに入ったぬるい水をカウンターに置き、注文を訊く。客が、きつねうどん、と明確に注文すればよいが、例えば、きつね、とだけ言った場合は、すかさず、そば？　うどん？　と訊き返し、客が、うどん、と答えれば、自分は、カウンターの内側の棚にある伝票の当該欄にチェックマークを入れつつ、符丁で、信太《しのだ》、うどんで一丁、と宣言する。これを後ろで聞いていた者が、この時点で初めて、うどん玉をつけているようでは、とうてい、立ち食いうどん店員は勤まらぬ。自分が、そば？　うどん？　と訊き、客が、うどん、と答えた時点で、すかさず、自分の横のステンレスの台の上、予め用意してあったうどん玉を、笊《ざる》に放り込むと、素早くつけ、ややあってチャッチャチャッチャッと湯を切って、丼に入れて、だし汁をかけ、くるりと上体を反転させて、注文を受けた自分の横の台の上に置くのである。この時点ですでに、カウンターの内側に並べてあるバットの油揚げをトングで摘んで待機していた自分は、うどんの上に油揚げをほどよく配置し、かつ、刻み葱も適宜、投入したうえ、へいお待ち、と客に差し出し、引き替えにうどん代金を受け取って銭箱に放りこみ、伝票を伝票刺しの釘に刺すのである。

そして、この場合、誰が、どの役と決まった役があるわけではなく、ある者が注文を聞けば、いま一人はうどんをつけ、という具合に機に臨み変に応じて行動するべきなのであり、その役割分担は変幻自在なのであって、自分と淀川五郎はそうやって、阿吽の呼吸、和の精神のうどんマンシップにのっとって、仕事をこなしてきたのであるが、これら一連の仕事の流れの中で、やっていて一番おもしろいのは、チャッチャッチャッの役である。実際、ゆで具合というのは、うどん製作の過程上最も重要なところで、人間誰しも、うどん店員となった以上、客にへりくだって注文を聞いたり水を出したり、ちまちま具を並べたり、という作業よりは、やり甲斐のある、チャッチャッチャッをやりたがるのは無理のないところである。とは言うものの、「俺がチャッチャッチャッをやるんだから、貴様は他のことをしておれ」では、これ、先に言った、和の精神というものが成り立たぬ訳で、五郎も自分も、そこのところをよく弁《わきま》え、無闇な自己主張は避けて、日々うどん業務に励んでいた。ところが天田はま子ときたら、出しゃばりというか、自己中心的というか、利己主義というか、立場・ポジションということをまったく考慮しないで、隙あらば、自分ばかりチャッチャッチャッをやろうとする、また、そうかと思うと、ちょっと様子の好《よ》い若い男の客が入ってきたりすると、目敏くこれを見つけ、なんですかなんですか？　なにしましょうなにしましょう？　と、奥から注文を訊きに、ちょかちょか出しゃばってきたりするものだから、厨房内の自然な作業の流れは渋滞し、丼は割れ、うどん玉の入った木箱は崩れ落ち、洗い物は山積みになり、人は絶えず衝突し、客の怒声が響く、なんて、もう『みんなのうどん』は滅茶苦茶になったのである。

　ところが根性の腐りきったはま子は、その惨状を引き起こしたのは自分である、なんてけっして思わない、失態はすべて自分や五郎のせい、と固く信じ、「はは、あいつらは馬鹿だから、あたしがやんなきゃね」とばかり、ぼってりした唇を半開きにして薄ら笑いを浮かべ、ことあるごとに店を仕切ろうとするのであるが、その結果は、大概悲惨なもので、例えばあるとき。自分は、カウンターの隅に設置してある冷水機にホースで水を補給しようと、水道の蛇口からホースを引っぱってきて、丸椅子の上に立って、冷水機上部の給水口に接続しようとしていた。そこへ、ちょうど出勤して来たはま子は、椅子の上に立っている自分を見て、「ちょっと、なに遊んでんのよ。そんなとこに立ってたら邪魔でしょ。退きなさいよ」と、ヒステリックに自分を批判するので、「なにも自分は遊んでいるのではない。冷却水を補給しているのである」と反論すると、自分が反論したこと、それ自体にむかついた、はま子は、「だったら、さっさとやっちゃってよね。もう」と、愛用の、子供向けアニメのキャラクターが印刷してある、布製の手提げ袋をカウンターの上に置くと、いきなり水道の蛇口を全開にしたのである。ところが、その時点で自分は、まだホースを完全に接続していない。それをば確認しないで、いきなり水道の蛇口を全開にしたのだからたまらない。自分は不意の水圧に驚愕してホースを取り落とし、ホースは水圧に踊りつつ、直下に居たはま子に、まともに水を浴びせかけ、最終的には床に落下したのである。わわわ、って見ると、はま子は、髪の毛から滴が垂れるほど、びしょ濡れに濡れて、カウンターに手を伸ばしたままの格好で固まっており、内心、「自業自得だ、馬鹿者が、確認もせずに水を出すからこんなことになるのだ。幸いなことに、開店前で、カウンター周辺には、はま子の手提げ袋、布巾、白衣、丼が置いてあっただけで、濡れて困るようなものはなかったから良かったものの、客が居たら大変な騒ぎだよ、まったくもってなんたら不注意な人だ」と、苦々しく思っていると、突如として、「弁当弁当弁当弁当……」と、獣じみた絶叫が店内に響いた。吝嗇。たって、限度・限界というものがある筈である。ところがはま子は、人をしてもしかしたら、支出は罪悪、などという教義の宗教の信者なのか、と思わしめるくらいに固い信念に燃えた、限界を超えた吝嗇で、このあたりには、安直な食い物屋がいくらでもあるにも拘らず、その費用を惜しんで、必ず弁当を持参し、昼どきになると店の片隅でぬちゃぬちゃ食っていたのであるが、弁当箱を買う金をさえ節約するため、店にある、いなり鮨や海苔巻きを容れるための透明のプラスチックケースを、無断で持ち帰り、弁当箱の代用品として使っていたのである。しかし、小柄なくせに大飯食らいのはま子の普通量に比して、プラスチックケースはいかにも小さく、はま子は、普段でだいたい三つ、日によっては四つ使って、けちくさい総菜を詰めてきていたのだが、これも吝嗇ゆえか、元が店から持ってったもので、ただなのだから余裕を持って詰めてくればいいものを、輪ゴムで止めた口が完全に閉まらぬほどに、ぎゅうぎゅうにお菜が押し込んである。そこへさして大量の水がぶちまかったものだからたまらない。はま子の弁当は水を含んでぐしゃぐしゃになって、とても食える状態ではなくなっていたのである。

はま子は、髪から滴を垂らして、「あんた、弁当どうしてくれんのよ、あんた。なんで、あたしの弁当に水撒くのよ。あたしの弁当」と、自分にくってかかる。しかし、水がぶちまかったのは、そもそもがはま子が水道の蛇口を勝手にひねったせいなのであって、普通の神経なら、申し訳ございません、お濡れになりませんでした？　なんて気を遣うのがあたりまえであるのに、はま子ときたら、他人に気を遣うどころか、自らの被害ばかりを声高に言い立てるばかりで、謝罪の文言などまったくないのであり、自分は、「てめぇのせいでこうなったんだろ馬鹿野郎、弁当弁当、って騒ぎやがって。ふてぇあまだなぁ、おめぇはよ。独善的なんだよ、おめぇはよ。そんなに金が惜しいなら、くれてやらぁ、馬鹿野郎。食えるもんなら食って来いよ、馬鹿野郎」と、カウンターに財布を叩きつけたのである。

人間というものは通常、そこまで言われれば、少しは反省するものなのだけれども、はま子はやはり、通常とは少し違っていて、一瞬、ヤリイという顔をしたかとおもうと、下手な役者が本番ヨーイと言われたときのように、白々しくむかついた顔を作って自分を睨み、「ほんとにもう気をつけてよ、あたしの弁当に水かけて……」と、続けて自分を罵倒し、財布を懐にしまって、やおら、手拭いで髪や体を拭き、何事もなかったようにうどん業務にとりかかり、やがて昼になると、「さぁて、なに食べようかしら。あたし、味だけじゃなくて、見た目も楽しめるものじゃないと食べる気しないのよね」などと嘯いて、自分の財布を懐に、意気揚々と出かけていき、一時過ぎにぶらぶらと戻ってきたのであり、まったくもって呆れた女なんだけれども、しかしそれにつけても、見た目がどうの味がどうの、などと能書きをいって出かけていったが、この界隈に、味はともかくとしても、見た目がどうの、などという気の利いた料理店は皆無なのであって、さぞかし失望して……と、戻ってきたはま子を見ると、失望した様子はなく、その楊枝を使っている有り様はなんだか充足した猿のようで、むしろ満足そうに見えたのである。同様の疑念を抱いた五郎の、「なに食ってきたんだい」という質問に、はま子は平然と、「岐阜屋の牛丼」と答えたのである。自分と五郎は凍りついた。はま子が食ったという、岐阜屋の牛丼こそ、このあたりの店員の間に代々語り継がれる伝説の牛丼であって、その拷問級の不味さたるや、筆舌に尽くしがたく、半年間胸焼けがする、発狂者が出た、自殺者が出た、という噂もあるくらいで、このあたりの事情を知る者はまず注文しない、ときおり、旅行者や飛び込みのセールスマンなどが知らないでこれを一口食って、街角で卒倒している姿を見かける、という代物なのである。はま子はそれを食ってきたという。「で、あっ、味は？」と、五郎がおそるおそる尋ねると、「値段の割にはまあまあじゃない」と平然と答え、おおー、とどよめいている自分と五郎をじろりと睨むと、「今度から気をつけてよ、本当に」と言い、自分に財布を返したのである。

そんなこんなで、はま子の悪逆非道な振る舞いはいっかなやまず、来る日も来る日も、暴虐の限りを尽くして恥じることがなかったのであるが、それでも、まあ、自分と五郎は、なんとか日々のうどん業務に励んでいた。ところが、二週間前の日曜日、ついにあの、猿騒動がぼっ発したのである。

その日、出勤時間に大幅に遅れ、そのくせちっとも悪びれず、むしろへらへらして出勤してきたはま子に自分は、「馬鹿野郎、遅いじゃねぇか」と声をかけると、普段であればヒステリックに反論してくるはずのはま子が、どういうわけか無言で、こらどうっとるんだ、と見ると、ちょうど骨壺くらいの大きさの白い紙箱を抱え、薄ら笑いを浮かべているのである。「そりゃなんだい」と訊くと、「これはね、キキちゃん」と、確信的な口調で答え、厨房の奥の、白衣やモップなどのしまってある戸棚の前、鞄や靴などの私物が積み重ねてある上に置き、しゃがみこんで、上蓋を五センチばかり開け、中を覗いては微笑み、微笑んでは覗き、しているので、性格のねじけが高じて、とうとう気がおかしくなったのかと心配した自分が、「なにやってんだ」と、見ると、紙箱の中に、20センチくらいの緑色の毛の生えた猿が入っているのである。

つまり推測するに、その顔はきつね面なのだけれども、その動作にどことなく猿じみたところがあるはま子は、出勤途上に猿を展示即売しているのを発見し、親近感からか、その猿がどうしても欲しくなって購入し、いったん自宅に持ち帰る時間がなかったため、やむなく、そのまま出勤したものと思われるのであるが、しかし、かかる飲食店の厨房で、従業員が猿を自由奔放に遊ばせるのは、いかがなものか。少しく常識感覚を欠くのではないだろうか。って、自分は、「家に帰って猿を置いてこい、馬鹿野郎」と、はま子に注意したのだが、はま子は、「なんで置いてこなきゃいけないのよ。ここは私物置き場でしょ、私物置き場に私物置いてなにが悪いのよ」と、反論するのである。なんかしゃあがる、って自分は、「私物たって、猿じゃねぇか」と再反論し、「猿のどこが悪いのよ」「汚ぇだろうがよ、うどん屋なのによ」「うるさいわね、なんの権利があって、あんたそういうことというわけ？　あなた私の上司？」「やかましい、とにかく猿を置いてこい」「うるさいわねぇ、台湾泥鰌みたいな顔をしているくせに」「俺の顔が猿となんの関係があるんだ」などと、言い争いが続いたのであるが、そのうち、若い男の客が入ってきて、天ぷらうどんを注文したので、自分は、反射的に、うどんを作る態勢に入り、一方、はま子は、なおもぶつぶつ言いながら、白衣を出そうと戸棚の扉を開いたのである。ところが、すべての動作が、乱雑かつ投げ遣りで、周囲の状況に対しての顧慮ということを、いっさいしようとしないはま子の、だらだら開いた扉が、私物の山にぶつかり、猿入りの紙箱が厨房の床に転落し、結果、猿は箱から転び出たのである。

たまたま入ったうどん屋で、うどんを注文した途端、いきなり目の前に猿が飛び出たのだから、客は驚いたろう。「ああ、あんなところに猿が」と、目を丸くし、自分も慌てて、あちこちに体をぶつけながら、五郎と二人で猿を追いかけ回したのであるが、猿は、さすがに猿だけあってすばしこく、厨房の中を自在に駆け回り、容易には捕まらず、しまいには、冷房のダクトを伝って、天井近くにぶら下がり、歯をむき出しにして、きい、などと威嚇するのである。小憎らしい猿め。ひいては天田はま子め。くそうくそうくそう、と、猛烈にむかついた自分は、戸棚から、モップを持ってきて、下から猿を小突き回した。すると猿は、なんという鈍くさい猿であろうか、猿の分際で、ちょっと小突いただけなのに、あっけなく転落し、そして、猿が転落した真下には、煮えたぎる釜があったのであり、猿は一声、きいっ、と甲高い悲鳴を上げ、救いを求めるように両手を上げ、目を見開いて自分の方を見て、一瞬、悲しい顔をしたかと思うと、それきり、ぶくぶくおとなしくなったのである。わちゃあ、釜に猿が、って、焦りに焦って、掬い網を二つ使い、やっとこさ猿を引き上げ、流しに転がして、上からじゃあじゃあ水をかけたのだけれども、やはり駄目で、固く目を閉じ、歯をむき出した猿は、とっくに絶命していたのである。

しーん。店内に緊張感が漂い、一同、しばらくの間、押し黙って猿を見つめていたのであるが、とにかく、天麩羅にして天ザルというわけにもいかぬ、死骸を何とかしなければならないし、釜の湯も猿臭くて、うどんを作れないので、自分は、「すいません、ごらんの通りの有り様で、うどんはよそで食ってください」と謝って、客には帰って貰い、暖簾を中に入れたのであるが、それまで黙っていたはま子が、口を開いたかと思うと、自分に向かって、「あなたが猿を茹でたんだからね。これはあなたが責任をとるのよ。猿も弁償してよ。いいわね」なんてなことを吐かすのである。

　全くもってなんという言い種であろうか。それまで自分は、普段、きゃあきゃあうるせぇはま子が、さっきから黙ってたのは、たとえ短い間とはいえ、縁あって、主従の契りを結び、キキちゃん、と名前までつけて愛した猿が、いま目の前で見るも無惨な変わり果てた姿で横たわっているのを見て、悲しみのあまり口が利けなくなったと思っていたのである。ところが、そうでない、はま子は、猿が死んだことよりも、その猿の購入代金、および、もし仮に、このまま午後まで営業できなかった場合の休業補償のことで頭が一杯で、この場合、誰もが第一義的に考えるであろう、哀れな猿の死、ということをいっこうに考えようとはしないのである。なんたる酷薄、なんたる吝嗇、なんたる無責任、なんたる怠惰なる精神であろうか。自分は、激怒した。激昂した。激情にかられた。こういう奴を生かしておくのは世の中に毒を撒いておくようなものだ、哀れなキキちゃんの魂に栄光あれ、って、自分は、火の玉になって、はま子を殴り倒した。ところが、はま子の餓鬼は、鼻血を垂れ流し、ひっくり返りつつも、なおも反省せず、「なにすんのよ、骨が折れたら、病院代がかかるのよ。あんた病院代と猿代、払いなさいよ」と、文句を言い続けているのである。ますます自分は激昂して、「まだ吐かしゃあがるのか、腐れ外道」と、なおも、正義の鉄槌を振り下ろすうち、さすがのはま子も、やっと反省して、口をぱくぱくするばかりで、文句を言わなくなったので、はぁはぁ肩で息をしつつ、五郎に、「俺、むかつくから今日は帰るよ」と言うと、五郎は、「ああ、いいよ、いいよ、早く帰った方がいいよ。後は俺がやっとくから」と、爽やかな口調で言ってくれたので、自分は、「じゃあ頼むわ」って、猿臭い店を出て、その日は家に帰ったのである。

3

で、猿騒動の翌日。郵便受けをまさぐると、呉服屋、出張マッサージなどのチラシに混じって、速達が来ているのである。当家に速達とは面妖な、って、その場に立ったまま開封すると、紙が一枚入っているきりで、「前略　元気ですか　天ハマが極悪ですやべぇから逃げろ　レンラクください　ゴロー」と、まずい手で書き殴ってあるばかりで、淀川五郎からの速達であることは知れるのだけれども、なにが言いたいのかさっぱり訳が分からず、とにかく、自分となぜかうまが合い、日頃から親しく交際している五郎ではあるけれども、手紙のやりとりなんてなことをしたことは、これまでにないのであって、そのうえに、速達、ってえんだから、よほど切迫した事情があるのだろう、って、自分は、以前聞いた五郎の部屋の電話番号をダイヤルしたのである。

「おい」「はい」「俺だよ」「あっ、大丈夫だった？」「なんだよ、大丈夫、ってよ、おら病人じゃねぇぜ」「ああ」「で、なんなんだよ、あの速達はよ、わけ分かんねぇじゃねぇか」「着いた？」「着いたよ」「そうそう。あんた、早く逃げた方がいいぜ」「なんで俺が逃げなきゃいけないんだよ」「あんたやばいぜ」「なんだよ、それどういうことだよ」「いや、はま子がさぁ、あれから大仰に騒いで警察呼んじゃったんだよ、そしたら俺もいろいろ訊かれて、適当に喋ってたんだけど、はま子が……」「なんだ、余計なこと言ったのか」「そうなんだよ。いきなり殴られたとか、弁当を盗まれたとか、嘘ばっかり言ってんだよ」「そういう女なんだよ、あいつは」「そうなんだよ、だから、いつまで経っても貰い手がねぇんだよ、あいつは」「そうそう、根性曲がりの行かず後家」「性格が腐ってんだよ」「おまけにブス」「そうそう、足も臭いし」「うどん玉を先に入れろ。だし汁を先に入れるな」「があっ」「ぎゃあ」「ぴゃあ。って、違うんだよ、そうじゃなくて、やばいんだって」「あっそうそう、なにがやばいんだっけ？」「だから、あの感じだったらきっとそこに行くぜ」「誰が？」「警察」「えっ、じゃあ、俺、パクられんのかよ」「それは、はま子の出方次第だろ、被害届がどうのとか言ってたよ。そうすっと、傷害ということになるかも知れねぇんだよな。あんなやつ法律で保護する必要あんのか？」「そこが納得いかねぇんだよな」「ないよ」「じゃあ、いいじゃねぇか」「けど警察はあいつの極悪性を知らんからなあ」「そうか」って、自分は、一瞬、黙ってしまった。正義が通用せぬのである。悪が栄え善が滅びるのである。はま子は、ますます強大なのである。「もしもし、もしもし、おおーい」「あっ、ごめん、ごめん、一瞬、黙っちゃったよ」「あんた大丈夫か？」「あんまり大丈夫じゃねぇよ」「でさ、あんた、行くとこねぇんだろ？　だったら、俺んとこにこねぇか？」「そうかっ」って自分は、嬉しくなった。まだまだ正義は滅びていない。こういう若い者が出てきたか。よし、こうなったら、キキちゃんや五郎の気持ちに応えるためにも、自分は破邪顕正。他日、必ず天田はま子を殲滅する、いまは我慢の時だ、と心に誓い、猿股や歯ブラシ等、若干の身の回りのものを持って家を出たのである。

それから二、三日の間、自分は、淀川五郎方に潜伏したのだけれども、淀川五郎の諜報活動によると、はま子は、骨折その他で、全治数週間の重傷、ってことで、いつの間にか自分は、犯人にされてしまい、そうと決まった以上、ここに居続ければ五郎もまた、科人《とがにん》を匿った罪に問われることになる、それでは悪いので、「いつまでも迷惑かけちゃいられねえ、俺は行くよ」と言ったところ、五郎は「ちょっと心当たりがあるから、もう二、三日、ここにいろよ」と言ってくれるので、そのまま五郎方に潜伏し続けるうちに、いいとこがあったよ、って、親切にも探してきてくれたのが、すなわち、この、五郎の知人が以前住んでいたという、いま現在の自分の住居なのである。

しかし、この住居は、いまの自分にとってうってつけの住居であった。なんとなれば、なにかにつけて世智辛い昨今、たかだかアパートひとつ借りるのでも、大家の餓鬼は、やれ保証人がどうの、住民票がどうの、勤務先がどうの、判が違う、証文が違う、と、ごてくさごてくさ吐かしやがって、なかなか調印にまで到らぬのであり、あまつさえ自分は、極悪なはま子を若干懲らしめた、ただそれだけの理由で、無実の罪に落とされ警察の追及を受ける、という、実に因果な身の上であるのであり、そういう自分がアパートを借りるなんてなことが、そもそも無理な話なのであるが、淀川五郎が探してきた、築後三十年は経っているであろう、このアパートは、同じ敷地内に住む大家の婆ぁが、年寄りの一人暮らしは心許ないので、敷地の隅にアパートでも建てて、男子学生などを入居させておけば泥棒避けになる、という趣旨で建設され、したがって身元確実な者、すなわち、現在入居している住人に紹介された者以外は入居できぬ、というきわめて厳格な方針によって運営されていたのである。ところが、時代が経つにつれ、入居者の水準は低下の一途を辿り、また、日本国が豊かになるにつれて、かかる古いアパートに入居する学生もなくなって、残った最後の住人、これが、五郎の知人であったのであるが、これも、女ができて出ていくこととなり、誰か住む奴いないか、ってんで、需要と供給、これ見事にバランスがとれて、目出度く賃料一万円で、自分は、部屋を借り受けることができたのである。

てな事情で、自分は、まったく天田はま子の凶悪なたくらみのせいで、長い草鞋《わらじ》を履く破目になったのであるが、しかしもし万が一、警察のやる気がさほどでもなく、ほとぼりがもうすでに冷めているならば家へ帰ろう、と、自分は、その後も、五郎に依頼していろいろスパイして貰ったのだが、はま子は、なかなかに執念深く、警察にやいやいせっついているらしく、その後も、刑事がうどん店に現れるなど、探索は続いているようで、しかたなく自分は、この一ヵ月というもの、毎日毎日、やることもないので、五郎の連れが置いてった、かび臭い布団にくるまって、天井の一点を見つめ、はま子調伏の手だてを黙想して日を暮らしているのであるが、こんな自分でも人並みに腹は減るのであり、しかし、自宅で飯を拵えることが出来ぬので、このこと繁華な町場にやってきたのはいいけれど、人々がフォーク並びを知らぬものだから、いっかな飯が買えず、やほほ、やほほ、と歌い続ける仕儀と相成るのであり、因果なことである。ホント。

4

突然に、りゃあーん、りゃあーん、ってベル。フライドチキン店で飯が買えぬまま、しょうがないので駅の売店でカロリーメートを購入して公園のベンチで土鳩を眺めながらこれを食し、やるせない気持ちで帰宅して黙想していると、はは、情けねえ、ベルまで鳴りやがるのであるが、自分はぴくりとも動かぬ、なんとなれば、このベルは、鳴っていないほうが少ないくらいに、それはもう四六時中、鳴り通しに鳴っているからである。そして一方このベルは、猿騒動以来、収入の途絶した、いま現在の自分の、唯一の飯の種である。

ベルを鳴らしているのは、母屋の六畳に起居する、大家の婆ぁ。つまり、これは、以前、このアパートに、学生が大勢いたとき以来の風習らしいのだが、婆ぁは、年寄りの一人暮らし、ちょいと重い物を持つ、であるとか、細かい字を読む、なんてなことに不自由で、そういう折り、アパートの各部屋に繋いである、このベルを鳴らして、学生を呼びつける、という仕掛けになっていたらしい。そして、婆ぁにしてみれば、昼間は学校に行く学生と違って、日中もずっと家にいる自分は、使いでがあるらしく、四六時中ベルを鳴らしては自分を呼び、用が済むと、別に、いくらいくらと決まっているわけではないが、若干の小遣いと腐った羊羹など菓子を呉れるのであるが、最初のうちは、ちょっとした用事で済んでいたのが、婆ぁは、だんだんに増長して調子を出し、この頃では、ひとつ用事が終わっても、それが済んだら庭の草刈り、それが済んだら買い物、と、一回のベルで、次々に用事を言いつけ、もう自分は、化物使いという落語や、ガルシア・マルケスのエレンディラという小説を連想するくらいに、うんざりして、婆ぁのところに行くのがすっかり嫌になってしまったのである。

先日などは、深夜にベルが鳴るので行くと、婆ぁは、「崖の斜面に咲いている赤い花を取ってきてくれ」と言う。そういや、この家は高台に建っていて、行ったことはないが、このあたりに崖があっても不思議ではない。じゃあ、ってんで、渡された、懐中電灯、バケツ、スコップを持って、教えられたとおり行ってみると、道路の脇に二、三坪の草むらがあって、その先が赤土の崖になっている。突端まで行って懐中電灯で照らすと、成る程、崖の中程に、赤い花が咲いている、しかし、あたりの様子は真っ暗でよく知れぬし、どうしよう、しかし、金もねぇし、まあ、やらなきゃしょうがねぇ、と、崖にとりついて花を掘るうち、足が滑って転落しそうになり、すんでのところで踏みとどまって、草を摑んでようよう這いあがり、夜が明けてからも一度行ってみると、切り立った崖のはるか下に、バケツとスコップが小さく見えたのであり、自分は危く命を落とすところであったのであって、それ以来、自分は、手元に五千円以上ある時は、ベルが鳴ってもけっして応答しないことに決めていて、いまも、ベルが鳴り続けるのを無視して、寝っ転がって天井を眺めていたのであるが、今度は、どんどん表を叩く者がある。このところちっとも行かないのに業を煮やして婆ぁ、とうとう直接呼びに来やがったか、って、それでも強情に寝っ転がってると、「おおい、居ねぇのか？　俺だよう」と、呼ばう声がして、なんだ五郎じゃねぇか、それならそうと早く吐かしゃあがれ、って、「開いてるよ」と、怒鳴ると、「なんだ？　この音は」と呟きつつ、五郎が入ってきたので、自分はやっと起きあがった。「で、どう？　調子は？」「どうもこうもねぇよ、婆ぁの下男だよ」「なんだそら？」「これだよ」と、自分は柱を指さした。五郎が、これなんのベルだ、と訊くので、人使いの荒い婆ぁのことを説明すると、五郎は、「そうか、下男か」と、妙に納得したように言う。なにを収まってやがる、って、「前に居た、おめぇの連れ、ってのも下男だったのかよ？」と訊くと、五郎は、急に神妙な顔をして、「それがよぉ」と、口ごもるのである。

「どうしたんだよ」「いや、連れ、ってもね、前に一度、セッションやったことあるくらいで、よく知ってたわけじゃないんだよ」「なんだセッションって」「まあ、人間には、いろんな付き合い方があるんだよ」「まあ、そうだな」「で、そいつがね」「ふん」「家の前でぶっ倒れて死んじゃったんだよ」「えっ、なんで？」「それがはっきりしねぇんだよ。で、電話貰って、俺、行ったんだよ。そしたら誰も居ねぇんだよ」「誰も居ねぇ、ってどういうことだよ？　そんな訳ねぇだろ」「いや、誰も居ねぇわけじゃないよ、けど居ないんだよ」「なんだ、そら」「警察には民子さん、てのが行って、死骸を引き取ったらしいんだよ。そいで、お通夜もなんもやんないで、すぐ焼いちゃったみてぇで、アパートにただ骨壺が置いてあって」「ふん」「けど身内が誰も居ねぇんだよ」「なんだそりゃ？」「それが分かんねぇんだよ。けど、とにかく俺みてぇなやつしかいねぇんだよ。一回、セッションやったことあるくらいのやつしか」「その、セッション、ってのが分からねぇんだけどな」「いいよ、分からなくて」「けど、おかしいじゃねぇかよ」「なんで？」「だって、そいつ女と住んでんじゃねぇのか？」「女は逃げちゃってるんだよ」「じゃあ、その民子さん、ってのはなんで来ねぇんだよ」「ちらっと来たんだよ。けど直ぐ帰っちゃったんだよ」「わけ分かんねぇ一族だな」「そうなんだよ。そいでね」「ふん」「俺たち、その民子さん、ってのに頼まれちゃったんだよ」「なにを頼まれたんだよ」「まず、そのアパートを引き払わなきゃなんねぇだろ？」「そらそうだ」「けど荷物があるだろ？」「ふんふん、あるある」「その荷物の片づけを頼まれたんだな」「なるほどな、そらそうだ」「それからね」「なんだまだあるのか」「骨をね」「骨？」「そう、骨。骨を実家に届けてくれってんだよ」「届ける、ってそんなもん、わざわざ持ってかなくったって、宅急便かなんかに……」「出せるかぁ？」「出せねぇか」「出せねぇだろ、人間の骨だもん」「けど、そういうことは普通、その民子さん、ってのがやるんじゃないの？」「だから、そこのところが訳ありで」「その訳ってのはなんなんだよ」「そこまで、俺は知らねぇよ」「その民子さん、ってのは、いくつくらいの人だ」「まあ、四十」「自分で民子です、って言ったのか？」「うん」「上の名前は言わねぇでか？」「そうか」って、自分はすべてを了解した。

つまり、十中八九、間違いなく、その民子さん、というのは死んだ奴の実の姉である。じゃあなにゆえ、この実の姉が弟の遺骨を実家に運ぶことが出来ぬのか？　弟が憎いからか？　違う、まったく違う。それどころか、姉は歳の離れた弟が可愛くてしょうがないのである。じゃあ、なぜ葬式を出してやらぬのだ。薄情じゃないか。無情じゃないか。違う。まったく違う民子を責めるのは、酷な、あまりにも酷な仕打ちである。民子もつらいのである。悲しいのである。つまり、貧しい小作人の子である民子と弟は、なにかにつけ、裕福な村の子弟に迫害されていたのであるが、勝ち気な民子は、気の弱い弟を、その都度、庇護してきた。そんな民子も年頃になった。すっかり美しい娘に育った民子は、町のお金持ちの息子に見初められ、玉の輿、ということになり、万事、めでたしめでたしであったのであるが、ひとつ気がかりなのは、弟のことで、このところ弟は、悪い仲間と交際するようになり、酒を飲む、博打を打つ、シンナーを吸引してふらふらになる、桃色遊戯に耽る、など、急速に不良化していたのである。また、嫁ぎ先はとんでもなかった。けちでマザコンの夫、鬼のような姑、これではまるで下女奉公である。そんな婚家に、すっかり極道ものになった弟が金の無心に現れるのだから民子は肩身が狭い。自分の自由になる金など一円もないのであるから、その都度指輪や着物などを入質して、金を与えて帰していた。そんな矢先に弟が変死したのである。驚き悲しんだ彼女は、泣いて夫に葬式を出してくれるように頼んだのであるが、無人情にも夫は一言、外聞が悪い、という理由で葬式を出してくれず、やむなく民子は、弟の友人たちに、後片づけ並びに遺骨搬送を依頼した、というのが、大体の前後の事情である。まあ、五郎は自分と違って若いから、こういう事情を察知できぬ。若い。青い。

「で、おめぇ、それ、引き受けたのかよ」「そうなんだよ」「えっ、ただで?」「ただじゃないよ、よろしくお願いします、って紙に包んだもん渡されたよ」「で、いくら入ってた」「津山臣、って実家の住所のメモと一緒に八万円入ってたんだよ」「そら、また末広がりだな」「そうなんだよ、そいでさぁ」「なに」「あんた手伝ってくんねぇ?」「他の連中はどうしたんだよ、そのセッションの奴等は？」「それがみんな駄目なんだってよ」「薄情な奴等だな、セッションは」「そうなんだよ。あんたはどうだい？」「俺はいいよ。いつなんだよ」「悪いんだけど、これからいい？」「えれぇ急だな」「そうなんだよ」「けどおめぇ、うどん屋どうすんだよ」「ああ、俺、辞めたんだよ」「えっ、辞めたの」「そうなんだよ、はま子が大げさに騒いで入院しちゃったから、早番、俺ひとりになっちゃって忙しくてやってらんねぇんだよ」「そら悪いことしたな」「別にいいんだよ、あんなとこ。それより、頼むよ」「まあ、じゃあ、ぼちぼち行こう」故人が以前住んでいたアパートにいま現在自分が住んでいるのもなにかの縁、行きましょう行きましょう、って、自分と五郎は、門を出て、やけにご大層な五郎の車で、津山幸男、ってえ故人のアパートへと、とろとろ向かったのである。

5

いわゆるところのワンルームマンション。玄関を入ってすぐ右に流し台、左にバスルーム、その奥の六畳間、床には、雑誌、ストッキングの空き袋、包帯、ガムテープ、アルミホイル、ジーンズ、鍋、コンパクトディスクなどが散乱して、文字どおり足の踏み場もないのであり、また、部屋の中央に置かれた背の低い白いテーブルの上も、握りつぶしたビール缶、灰皿、真鍮のパイプ、化粧水、テレビのリモートコントローラー、なんて不分明な物でぐしゃぐしゃだし、奥の二人掛けのソファーも、脱ぎ捨てた衣服やクッションなどが山積みになっていて、とても、友人知人が集合して故人を偲ぶ、なんて風情ではない。大したたまげた、って、ぼうぜんと部屋の惨状を眺めてると、五郎が、「じゃあ、やろう」と言う。

もちろんそのつもりできたのであるから仕事にかかるのに異存はないが、しかし、物には順序というものがあるのであって、仮にも、津山幸男、という人間が死んでいるのである。そらぁ、自分は生前になんのかかわり合いもない、いわば、通りすがりの人間である。しかし、縁あって自分は、津山が生前住んでいた部屋を片づけ、その遺骨を郷里に届ける、ということになったのである。当然、線香の一本もあげてから、仕事にとりかかるのが当たり前と違うのかい、って、「じゃあ、ちょっと」って、五郎に目配せしたのであるが、五郎は不思議そうな顔をして、「ちょっとなんだよ」というので、「だからよ、線香をあげて、それから仕事にかかろう、ってんだよ。骨壺はどこに置いてあるんだよ」と、言うと、五郎は、「ああ骨ね」と、大きな声で言い、無造作に手を伸ばして、ソファーの後ろから、白い花の模様が入った布で包まれた、ちょうどキキちゃんが入っていたくらいの大きさの箱を、持ち上げると、「けっこう重いなぁ」と、ぐしゃぐしゃのテーブルの上に置いたのである。なんという乱雑な、って、自分は、五郎に言った。「おめぇなんだよ、これはよ」「なんだよ、って骨だけど」「そら分かってんだよ、けどおまえ、もうちょっとちゃんとしろよ」「ちゃんと、ってどうするんだよ」「だからよぉ」と、自分は、ソファーの右手に、オーディオやテレビを載せてある、高さ40センチくらいの台の上のアナログプレーヤーを退けて、骨壺の箱を安置し、「な、おまえ、こうやって一応、祭壇に飾らないとまずいだろう」と言うと、五郎は、「祭壇ってそんなもんでいいのかよ」と文句を言うので、「そらおまえ……」と言いかけて、自分は言葉に詰まった。

自分自身どうやったらいいのか、よく分からぬのである。「そら、あれだろう、位牌とよお」「位牌なんかねぇよ」「そうか、ねぇのか。しかし、あの位牌ってのはどうなってんだよ？」「どうなってるって」「あれは葬儀屋が持ってくんのか？」「そんなわけねぇだろ。あれはあんた、寺で配るんだよ」「じゃあ、おかしいじゃねえか」「なんで」「だって坊主は葬式のときしか来ねぇじゃねぇか。お通夜で位牌があるのはどういうわけだよ」「坊主はお通夜も来るんじゃねぇの？　きっとそんとき持って来るんだよ、位牌は」「そうかなぁ坊主はお通夜には来ねぇんじゃねぇの」「じゃあ、お通夜には位牌はないんだよ」「そうかぁ、あったような気がするけどなぁ」「じゃあやっぱり葬儀屋が持ってくるのかなあ」「分かった」「なに」「病院の売店で売ってるんじゃねぇか？　そいで死んだら買って帰る」「そんなタコな」って、しばらく位牌に関して議論したのであるが、まあ、いずれにしろ無い物はしょうがない、じゃあ後なにが必要なんだ、って、「それとあれだ、線香だろ、線香立てみてぇなのだろ、それに数珠だな」「ええっと、そういうものは無いな」「数珠ぐらいあるだろう」「ねぇよ」「ねぇか？」「ねぇ」「じゃあ、なにもないんじゃねぇか。なんか代わりになるようなもんねぇのか」って、考えるうち、五郎は「そうだ」って、大きな声を出した。

「なんだよ」「あれがねぇからいまいち決まんねぇんだよ」「なに」「写真」「なーる」って、自分は得心した。そう、通常、こういう場合、骨壺の箱の前か後ろに故人の写真、つまり遺影を立てかけるのであった。そうだ、五郎は偉い。偉いよぉ。イエイ、と、いたってファンダメンタルなギャグを言いながら、写真を探したところ、ソファーの左、エアコンの下の黒いスチール棚に並んだ、書物や書類、ノートブックの類に混じって、DPE屋の景品のポケットアルバムが何冊かあるのを発見し、五郎と手分けして、遺影とするにふさわしい写真を選ぶべく、頁を繰った。ところが困ったことに、ほとんどの写真は、この部屋で一緒に暮らしていたと思われる女性の写真で、津山が写っている写真もあるにはあるのだけれども、それは津山単体ではなく、女性と二人で写っている写真であり、またその写真というのが、髪の毛が肩まであって、背中から二の腕にかけて鵺《ぬえ》と天神様の彫り物のある体格のいい津山幸男と、腰まである長い髪の、躰のあちこちに散漫なタトゥーがある女が、全裸で互いに口を吸っていたり、網タイツにホットパンツ、シースルーのシャツなどといったあられもない衣服を身につけ、ある種のポーズをとっていたり、といった、きわめて破廉恥かつ扇情的な写真で、たとえ形だけとはいい条、遺影とするには不適当な写真ばかりなのである。「なんだよ、この気色いい写真は？」「うん」「だいたいこいつら何屋だったんだよ？」「なんかあれだってよ、SMやってたらしいよ」「SMってなんだよ」「だから、あれだよ、二人で雑誌に出たりビデオに出たりしてたんじゃないの」「なるほど。それでこういう気色のいい写真があるんだな」って、自分は、若干、好色・淫猥な気持ちになりつつ、五郎に、「まあ、いずれにしろ、津山単独がいいだろう」と言うと、五郎は、「じゃあ、これどうかなあ」と、一葉のポラロイド写真を抜き取って自分に手渡した。

見ると、六月二十四日と日付のある、その写真は、これまた異様な写真で、津山幸男が正面を向いてレンズを凝視しているバストアップサイズのカラー写真なのであるが、それまでのへらへらした表情と違い、頭をつるつるに剃りあげて、きわめて無表情な津山の顔が、腫れあがって、どす黒く変色しているのが異様なのもさることながら、ぎょっとするのは、さっきの写真にはなかった、津山の顔から頭にかけて施された、明らかに素人が彫ったと思しき入れ墨で、つるつるに剃った頭部にとぐろを巻いた蛇が彫ってあって、その蛇の頭部は右目の上、尾は左頬にまで達しており、また剃り落とされた眉のあたりに一筆書きのようなへの字がふたつ彫られているのである。「これやべぇんじゃねぇか」「なにが」「なにが、ってこの入れ墨だよ」「入れ墨？　これ？　違うだろ」「じゃあなんなんだ」「こらきっとあれだよ、酔っぱらってふざけてマジックで書いたんだよ」「そうかなあ」「そらそうだよ。普通こんな入れ墨入れるか？」「入れねぇか」「あたりまえだよ、こんなの背負ってたら、まともな人生送れねぇよ」「だから死んじまったんじゃねぇのか？」「そら、そうだけどさ、それにしたって」「そうか」「そうだよ」「じゃあ、これでいいか？」「いいよ」って、骨壺の入った箱の前に、写真を置いて、自分と五郎は並んで手を合わせたのである。りーん、なんて口真似をして。

って、とにかく、曲がりなりにも、ご焼香を済ませ、「しょうがねぇ、じゃあやるか」って、とりあえず、入るものはごみ袋に入れてごみ置き場に出しちまおう、と、流しの戸棚にあったポリエチレン樹脂の45リットル入りごみ収集袋に、そこいらに散乱していた、空き缶、吸殻、弁当殻、ブラシ、給与明細、按摩機、ダンベル、テレビの室内アンテナ、茶碗、ネクタイ、花札、壁に張ってあった、タペストリー、カレンダー、ジミヘンやマンソンのポスター、スチール棚の中に入ってた、書籍、ノートの類、目覚まし時計、弥勒、押入の中に入ってた、奇嬌なデザインの衣類、マンドリン、秤、分銅、ハンドバッグ、猿の置物、壺、鉛筆、手錠、ぬいぐるみ、釘、鑷、注射器などを、がんがん詰め、アパートのごみ置き場にずんずん運び、二時間ばかり、あたふたやるうち、あれほど散らかり放題に散らかっていた部屋は、あっけないくらいにさっぱりし、後は、オーディオ機器、テレビ、ビデオ、冷蔵庫といった電化製品と、スチール棚、ソファー、整理チスト、テーブルといった家具類、を残すのみとなり、ちょっと休憩しよう、そうしよう、って、五郎と自分は、家具の痕とシミがついたカーペットの上に、胡座《あぐら》をかいて座り、煙草を取り出して火を付け、なんとはなしに首をひねって、窓際の骨壺と遺影の方を見ながら煙草を喫んだのである。

「で、どうしよう？」「なにが」「なにがってこの荷物だよ、これ捨てるのは手間だぜ」「あんたさぁ、欲しいもんがあったら、使ってやれよ。供養になるから」「そんなことで供養になるか？」「なるんだよ。俺も、このギター持ってこ」と、五郎は、立てかけてあったエレクトリックギターを手にとると、「下手だったなぁ、こいつ」と、遺影を見ながらぺらぺら弾きつつ、「あんたんとこ、テレビとビデオデッキなかったんじゃねぇ？　持ってったら？」と言うのである。まあ、しょうがねぇ、別段、テレビなどなくったって不自由は感じぬが、五郎がそう言うんだったら、って、何気なく、手を伸ばしてテレビのスイッチを入れたのだけれども、テレビ画面には何も映らぬ。「何も映らねぇじゃねぇか」と、自分が文句を言うと、「おかしいなぁ」と、五郎が、下のビデオデッキの電源を入れると、きゅいーん、がす、と、ビデオデッキの中でテープが回転する音がして、突然、女の喜悦する声が爆音で響きわたり、画面にはホテルの一室で絡む男女の映像が映し出された。つまり、これは俗にいうアダルトビデオであるが、あっ、ってのは、男優が津山、女優が例の写真の女なのである。なるほどこういう仕事もしていたのか、って、五郎と二人、しばらく黙って、画面を見ていると、そのビデオはどうも、未編集らしく、なんの映画的創意工夫もなく、ただワンキャメラで、絡みを撮影してあるばかりで、面白味というものがまるでない、五郎に、「なんだ、これは、面白くないじゃないか」と言おうとした、そのとき、突然、どんがらがっしゃん、と、音がしてカメラはあらぬ方を向き、画面は焦点の定まらぬ生成色のぼやかった色になり、やがて、物が転がる音、ドアーが閉まる音がして、悲鳴のような声と「おめぇ誰の女に手ぇ出してんだ」という怒声に混じって、女の笑い声がして、さらに「きいぃ」という甲高い声がしたかと思うと、画面はぶつっと途切れたのである。「なんだこら。どうなってんだよ」って、五郎に声をかけると、いつのまにか俯いてなにか読んでいた五郎は、「こっちも訳わかんないよ」と、一冊のノートを自分に手渡した。
金文字で株式会社アルプスとネームの入った、そのノートを、津山は日記代わりに使用していたらしく、ページを開いてみると、横組みの各日付のところに、読みにくい乱暴な字で、
4月11日　ロマンにtel仕事、4月12日　駅でテープ270円焼酎1280円、4月13日　松田M吉原　4P45000円3：00戻りタクシー3500、4月14日　二日酔い5グラム買う、4月15日　尻の穴MとK職ビラなし電球160円、4月16日　Mと変態トータル30　M不機嫌　昼から、4月17日　Mを殴って5グラム、4月18日　M誕生日　ワインとライン、4月19日　M殴る　夜病院、4月20日　Mアウト、と書かれた後、しばらく空白があって、6月3日　面接9000円、6月6日　現場松戸、6月7日　現場松戸、6月8日　現場松戸、6月9日　現場恵比寿、6月10日　現場松戸、6月11日　現場疲れる　一日ぢゅう寝る、6月12日　現場恵比寿、6月13日　現場恵比寿、6月14日　現場松戸、6月15日　現場日ノ出町　職長と喧嘩五六人でやられる　夜松田からtelMからtel焼酎とビール、6月18日さぼり　酒、という記述があって、またしばらく空白が続いた後、6月25日　23夜Mと松田来——、

と書きかけて日記は途切れていたのである。

なるほどそういうことであったか。って、ノートを読み終えた自分に、五郎は「な。分かんねぇだろ」と言ったのであるが、自分には、例の入れ墨の写真、奇怪な終わり方をしているビデオ、断片的な日記、などから、だいたいの事情の察しはついていたのである。五郎は若いから、青いから、あの入れ墨は酔っぱらってマジックで書いたんだよ、などと気楽にも信じているが、現実はそう甘いものではない。

つまり、断片的な日記、奇怪なビデオ、写真、から自分が読みとるに、SMモデルやアダルトビデオの仕事に従事していた津山幸男とM女は、酒と麻薬を常用し、きわめて享楽的な生活をしていたのであるが、四月半ば頃、M女が出奔し、津山は一時、落胆したが、生活態度を改めればM女も戻ってくるであろうと考えた末、決意して、建築関係の職を得て、不慣れな肉体労働に従事するようになったのである。ところが、六月半ば頃、職場で、刺青をからかわれたことから、同僚と口論となり、五六人の屈強な男たちによって袋叩きにあい、這々の体で帰宅したところ、彼に仕事と麻薬を周旋していた、松田なる男から電話があり、直後、M女からも電話があったことから、彼は、M女が松田のもとに奔ったことを悟り、自暴自棄になって泥酔し、翌日から再び無軌道な生活に逆戻り、ついに六月末にいたって、松田はM女を伴い、ビデオカメラを持参して、津山宅を訪問し、津山を脅迫もしくは恐喝したうえ、M女と情交することを命じ、その様子を撮影した後、嫉妬も相俟ったのか、津山に暴行を加え、加之、M女と協力して、虚脱状態に陥った津山の頭部及び顔面にかけて、大蛇を形どった入れ墨を彫ったうえ、ポラロイドカメラを用いて津山の写真を撮影したものと思われるのである。写真を見た津山の心中は察するにあまりある。なんとなれば、そもそも自ら刺青を彫るような男であるのであるから、津山は虚栄心の強い性格であるといえるだろう。そんな津山が顔面に、あのような滑稽な、制裁の意味合いをもつ入れ墨を入れられたのである。津山は思っただろう。もう二度と自分はまともになれぬ、と。そらそうだろう。あんな顔をしていれば、仕事など見つかるわけはない。あの顔で面接に出かけていって、雇う経営者がいれば、その経営者は白痴である。やくざ社会でさえ津山を拒絶するだろう。はっきりいって、あの顔ではアパートひとつ借りられぬ。津山が自発的に選択できる道は、路傍で乞食するか、刑務所に入るか、くらいしか残されていない。そして津山は死んだ。おまけに葬式も満足に出して貰えず、赤の他人である、元うどん店員ふたりが、八万円貰って後片づけをしているのである。蓋《けだ》し悲惨な一生である。御同情申し上げる。

しかし、考えてみればこれは、自ら招いた不幸とも言える。なんとなれば津山は、麻薬に溺れ、ふしだらな生活を送り、自らを省みようとしなかったからである。もしかしたら、フォーク並びもあまりしなかったのかも知れない。そういう基本的なこともやらないで、楽しけりゃそれでいいじゃん、などと嘯いて、悪業を重ねるものは、いずれ裁きにあう。津山も自業自得。ふっふっふっ、そう、天田はま子が安閑としていられるのも後わずかである。はま子よ、いまはそうして笑っているがいい。しかし、いずれ貴様には天罰が下るのだ。おほほ。おほほほほ。いい気味である。貴様の命運がつきたことは津山幸男がこのように証明したのである。おほほ。

って、しかし、さっぱり分からぬのは、先日から自分に下っている罰であって、そこのところがどうしても理解できず、一度、天に訊いてみたいのであるが、まあ、しかし、とにかくいまは津山の部屋を片づけなければ相成らぬのであって、自分は五郎に、極力明るい調子で、「じゃあやるか」と声をかけて立ち上がったのであるが、それが、本当に明るく響いたかどうかは知らん。

6

とりあえず積もうじゃん、って、遺骨と残った屋財家財を五郎の車に運び入れ、まあ、いずれにしろ、明日一緒に出るんだから、なにもわざわざ茅屋《ぼうおく》に帰ることはない、今日は五郎方に止宿して、津山幸男の供養の意味合いも込めて、大いに飲みかつ談じよう、なんて、民子さんに貰った潤沢な資金にものをいわせて、酢蛸、フライビーンズ、馬刺、生白子、鰻巻、ローストビーフ、アボガドフルーツ、春雨サラダ、あん肝、マンゴー、ラディッシュソース、ポン酢、山葵、清酒、ウイスキー、シャンパンなど、前後の脈絡というものをいっさい考えずに、手当たり次第に御馳走を購入、いちおう降ろしとくか、って、津山の遺骨、居間の飾り棚の上に、遺影をガムテープで貼っつけて飾り、あっ、また線香買うの忘れたよ、なんていいつつも、供養だ、ってんで、買ってきた総菜物をテーブルに並べて、五郎と自分は、差し向かいでやったりとったり、料理をつつき散らして、杯を傾けた。

「あのよ」「なに」「おまえ普段いつも、こういうもん食ってるの？」「こういうもん、ってなに」「だから」って、ビニールの小袋に入ったタレと大蒜を振りかけて、馬刺を食っている五郎の手元を指さして、「そういう馬刺とかよ」と、いうと、口に入れた馬刺をしばらく、もぐもぐやって、やがて飲み込んだ五郎は、ビールを飲んで、「馬刺は、あんまり食わないね」と言う。「じゃあ、なに食ってんだよ？　あん肝か？」「あん肝もそんなに食わねぇ」「じゃあ、マンゴーだな」「あんた、なに訊きてぇの」「いや、ほら、俺んち火が使えねぇから」「火が使えねぇ？　なんだそら？」「ガスがねぇんだよ」「ガスがねぇ？」と、五郎は不思議そうにするので、実は、こうこうこうこうこういうわけだと、前後の事情をかい摘んで説明したところ、五郎は、よく分からぬといった風情で、「そんなの大したこと無いんじゃないの」と気楽な口調で吐かすのである。しかし、現に自分は、フライドチキン店であんな目に遭ったのであり、やはり、火が使えぬのは、大問題である。そして五郎の気楽性もまた、問題なのである。なんとなれば、人の苦労を察する、人の身になって考える、ということの出来ぬ者は、畜生同然だからである。自分は言った。「だってよお、焼き飯やグラターンを作れないんだぜ。寄せ鍋とかもよ」「そんなの外で食えばいいじゃん」「そらそうだけどよ、実際、不便なんだって」「そうかなぁ、俺なんか大丈夫だと思うけどなぁ」「けど、おまえ、じゃあ今朝なに食った」「あんたんち行く前に、ドーナツ屋でドーナツ食ったな」「うーむ。じゃあ、その前はなに食った」「居酒屋でビール飲んで枝豆と焼き鳥と鯵のたたき食った」「その前は」「中華料理屋で冷やし中華」「その前は」「マクドナルドのハンバーガー」「その前は」「名前忘れたけどベトナム料理」「その前は」「名前忘れたけどデニーズのランチ」「その前は」「喧《やかま》しいやい、そこまでなに食ったか覚えてねぇよ」「そうか。けど結構、火が無くてもやってけるもんなんだな」「そうだよ、あんたはなんでもな、ひとつのことを気にしすぎるから駄目なんだよ」「そうか」って、考え込んだ自分に、五郎は気を遣って、まあ飲んでくださいよ、とビールをつごうとして、空なのに気がつき、「あんた、まだビールでいい？」と、尋ねる。自分は、焼酎の湯割りが飲みたくなったので、そういうと、「ちょっと待ってくれ、湯、沸かすから」と、立ち上がって、背後のガスレンジに薬缶を載せるとバーナーを点火したのである。自分はそれを見逃さなかった。「おい」「なに」「おまえ、いまなにやった」「なにやった、って別になにも……」「嘘を言うな」「嘘なんか言わねぇよ、湯を沸かそうと思って薬缶を火にかけて……」「それだ」「なに」「薬缶を火にかけて、だよ」「あっ」「な、分かったか。俺んちではそんな基本的なこともできねぇんだよ」「そうか、湯が沸かせねぇってのはシビアだな」「そうだろう」と、自分は、勝ち誇って傲然としていると、今度は五郎が、下を向いて考え込んだ。ひいっいいいいいい、って、笛吹きケトルが湯が沸いたことを告げている。自分は、湯呑みに湯割りをふたつ作って自分と五郎の前に置き、一口飲んだ。はは、うめえ。ややあって、「けどよ」と、顔を上げたのである。「なんだよ」「そんなの電熱器買えば済む話じゃん」「なんだよ、電熱器ってよ」「電気の焜炉だよ」「電気焜炉って、あれか、昔よくあった、赤くて真ん中に丸い耐火土がつけてあるやつか？」「いまは、もうあんなんじゃねぇんだよ、蚊取線香のでっかい、みてぇな緑のやつなんだよ。ワンルームマンションなんか最初からそれしかついてねぇんだよ」「なんだ、最近はそんなのが流行ってんのか？」

「流行だよ、もうばりばりだよ」「けど、あれだろ、そんな電気じゃよ、火力が弱いだろ。火力が弱いと、焼き飯が出来ねぇんだよ、中華料理な、あれができないだろ」「中華料理なんて家で作らねぇだろ。けど、じゃあ、あんたがそこまで言うんだったら、俺が買ってやるよ。な、そしたら文句ねぇだろ」と、五郎は言うのである。じゃあ買って貰おう。なんかこいつ金回りがいいようだし、車もゴージャス、って、そういえばあの車は一体全体どうしたことであろうか。

自分は車については知識がないのであるが、五郎はいつの間にあんないい車を買ったのか、って、自分は、五郎に訊いた。「おまえよお」「なに」「昼間から聞こう聞こうと思ってたんだけどね、おまえの車って、あれいったいなんなんだよ」「俺の車？」「おまえの車だよ」「ああ、あれはシボレーアストロ」「なに？」「シボレーアストロ」「なんだそりゃ」「車の名前だよ」「いやそういうことを訊いてんじゃなくて、あの車ってのは高いんじゃねぇのか？」「そんなに高くないと思うよ」「いくらするんだ」「三、四百万で買えんじゃねぇの」って、こともなげに、五郎は言い放つ。まことにもって不思議な言い種である。なんとなれば、五郎は、つい先日まで、自分と一緒に、立ち食いうどん店で働いていたのであり、その給料たるや、僅々十二万円あまりであり、到底、数百万円もする自家用車をぽんと買えるような収入ではない、ことによると五郎は、何らかの悪事に手を染めているのではないか、って、自分は、「おめぇ、どうやって買ったんだ、月賦で買ったのか？」と訊くと、五郎は、「ああ、まあね、適当だけどねー」とへらへら吐かすのである。

まあしかし、五郎は、はっきりいって、いい若い者である。青い者である。自分のように先の見えた中年男とは違って、多少、無理な借金をしたとしても、払う見込みがない、ということはないであろう。しかし、自分が疑問に感じるのは、そうやって、当人の努力次第で、これからまだいくらでも未来が開けるというのに、五郎はなんであんな、うどん屋などで働いていたのであろうか？　他にやりたいことはなかったのであろうか？　って、自分は、「あのよぉ」と声を出すと、五郎も同時に、「でさ」と言い、言葉と言葉が出合い頭にぶつかって、うくく、って、ふたぁり沈黙し、また同時に、「なに」と言ってしまって、自分は、いわゆる年かさの余裕をことさらに発揮して、「なんだよ、おめえから言え」と言うと、五郎は、「あのさぁ、前から訊こう訊こうと思ってたんだけど」「なんだよ」「あんたなんで、あんなうどん屋でバイトしてたんだよ」と、いまさに自分が訊かんとしたことを訊いてきやがるのである。自分は訊き返した。「そういうおまえはなんで、あんなとこでバイトしてたんだよ」「俺、うどん屋に興味あったんだよ」「馬鹿か、おまえは」「いや、そうなんだけどね、ラジオで歌を聴いてさ」「なんだそら」「うどん屋が出てくる曲があったんだよ。それを聴いて感動して、で、俺もうどん屋で働いてみようと思ったんだよ」「おめぇも馬鹿だけど、その歌を作った奴も相当馬鹿だな」「俺も入ってそう思ったよ。だから辞めたんだよ、はま子もむかつくしよ」「あらぁ人間の屑だ」「むかつくよな、思い出してもむかつくよ」「そうなんだよ、きっとまだ反省しねぇで得手勝手なこと吐かしてやがるぜ、腐れ外道が」「犬畜生にも劣る獣」「きつね面のサル女」「地球に住むな」「ばか女」「けち女」って、だめだ、天田はま子の話になると冷静を欠いてしまうね、どうも、って、焼酎をぐっと一息に飲んで、気を入れていると、五郎も、ぐっと飲んで、「ところで、あんたこそなんで、あんな、はま子が来るようなうどん屋で働いてたんだよ」と訊くのである。

自分だって、五郎と同様、真剣に考えて、俺はうどん屋になる、って決めたわけではない、運命のいたずら、というか、それまで勤めていた広告会社を、カラオケで演歌を歌えと言う上司に逆らって、無伴奏で賛美歌を歌ったため、すっかり座が白けて得意先をしくじって居づらくなって辞め、そろそろ失業保険も切れる、いい加減再就職せんければ、と思いつつ、朝刊の折り込みチラシを畳の上に敷いて、足の指の爪を切っていたら、たまたまそのチラシが求人広告で、たまたま『みんなのうどん』の求人広告が掲載されていて、たまたまテレビをつけると時代劇が始まって、たまたまその時代劇が、ある市井のうどん屋を舞台に展開する復讐劇で、なるほど、うどん屋も悪くねぇ、ってんで、そのまま面接に出かけていって、たまたま採用された、というだけであって、他意はないのであり、したがって、五郎が感心・感動するようなエピソードは前後にないのであるが、ただここで、それをそのまま言ったのでは、面白味に欠ける、やはりここは一番、サービス精神を発揮して、と自分は、話を始めた。

「まあ、おまえと似てると言えば似てるよ」「なんで」「俺、高校のとき、うどん部だったんだ」「なんだそら」「まあいわゆるクラブ活動だ」「うどん部、って、なにすんだよ」「まあ、うどん全般だな」「なんだよ、うどん全般、って」「うどんに関するありとあらゆるすべてだよ。まあ、食べ歩きなんてのは当然だし、あと、うどん麵やらスープの成分を科学的に分析するとかね、あと、もちろん経済学的な側面もやるし、文化人類学的なアプローチもやるしね、うどんについて、とにかく考えるんだよ」「へぇ、そんなことやってたんだ」「いや、やってた、っていう過去形じゃなくて、今もやってるんだよ、あのときの連中がみんな集まってね」「じゃあプロなんだ」「いや、プロってんじゃねぇんだよ。そら、確かに、製麵工場で働いたり、そういう勉強をして大企業の研究室とか開発室に就職した奴もいることはいるよ。けど、俺たちの集まりはもっと、純粋な、うどんに対する興味なんだよ。商売や仕事を超越したなにかなんだよ」って、酔いに任せていい調子で、口から出任せを言っていたのであるが、「へぇっ、すげぇな、あんたたちから見たら、じゃあ、俺なんかやっぱり馬鹿だよな、さっき感動したっていったけど、もっと気分じゃん。馬鹿っていわれたけどほんと、そのとおりだよ、逆に悪いくらいだよ」って、五郎が、あんまり真剣なので、今更嘘とはいえなくなって、昔から、嘘吐《つ》きは泥棒の始まり、というのであって、嘘は悪事の踏み出しであるが、「まあね俺たちから見れば、その気分、って部分がうらやましいけどね、ほら、俺たちって、どうしても専門的に見ちゃうから」って、自分は、さらに、いい加減なことをいってしまったのである。いかんいかん、って、自分は、強引に話題を変えた。

「ところでよ、店っていえば、あの猿の死骸はよお」「ああ、あれか、あれしょうがねぇよな」「どうしたんだよ」「しょうがねぇじゃん、黒いビニール袋に入れてさぁ」「ごみに出しちゃったのかよお」「そうなんだよ」「しかし、あれだよな」「なに」「あの猿が可哀想だよな」「ほんとだよ、猿に罪はねぇよ」「あいつだってもっと満足な人間に買われてたらよぉ」「ほんとだよ、いまごろ安楽にバナナ食って、ふくふくしてるよ」「因果だよな」ってった途端、骨壺の箱を包んだ花柄の透かしの入った白い布に、丸めたガムテープでいい加減に貼ってあった津山の遺影が、ガムテープの粘着力では、接着力に難があったのか、適当な貼りかたをしてあったせいか、はらりと剝がれて、転倒したのである。そうこうするうち、自分も五郎も、足を取られるほどに食らい酔って、二人とも上体がぐらぐらして椅子に座っていることが出来なくなり、自分はソファー、五郎はベッドに倒れ伏して、最初のうちは、天ハマ殲滅、信太一丁、なんて叫んでいたのだけれども、いつのまにかふたりとも、なしくずし的に寝入ってしまったのである。

自分は、夜中に一度、喉が渇いて目が覚め、流し台のところによろよろ歩いていって、蛇口に口を付けて水を飲んだのであるが、ソファーへの帰り道、倒れた津山の遺影に気がついて、しっかりせぇよ、おっさんと、写真を骨壺の箱に貼りつけ、再びソファーに戻ってひっくりかえった。

7

カーラジオから、近所に住む義姉が毎日、子供を連れて家に遊びにきてうっとおしくてならない、そのうえ、ただうっとおしいだけなら我慢もするが、来る度に、服やアクセサリーをちょっと貸してね、などと持ち帰りいつまで経っても返却しないので困惑していたところ、ついには先日、義姉が帰った後に財布がなくなっていることに気がつき、夫に相談したところ、馬鹿なことを言うなと、一笑にふされ、ひとりで悩み苦しんでいるのだが、自分はいったいどうしたらいいのであろうか？　という、陰気な人生相談が陰々流れているにもかかわらず、シボレーアストロは快調で、高速道路をがんがん走って、ははは、楽勝だよ、なんて言ってたあたりまでは良かったのだけれども、一般道に下り、小一時間ばかり走って、大きな川を渡り、こっちだろう、多分。なんて、橋のたもとを右折、土手沿いをしばらく走った後、土手を下ってく道があったので、こっちだろう、おそらく。って降りてったあたりから、だんだんに雲行きがおかしくなって、とうとう、丸太と針金で囲われ、ほうぼうに威嚇的な文言を記した看板の立つ、挫折した住宅造成地、とでも申すべきか、丘陵を切り崩して平らにし、縦横に舗装道路を走らせてコンクリートの土台を拵え、その上に急拵えの安普請、手抜き住宅をちょこんとのっけて、貧民にも土地つき一戸建てを提供しましょうおず、って企て、それはそれで結構だったのかも知らんが、こんなやくざな土地に住もうという風流な人は世間にそうなかったのか、それとも、開発会社の資金が枯渇したのか、だだっ広い造成地に、完成した家はぽつんぽつんと建っているばかり、ほとんどの区画には、風に乗って飛来してきた雑草の種子が芽生え、親はなくても子は育つ、ってか？　たいそうな丈にまで大きくなって、ところどころに半建ちの家が、雨ざらしの骨組みが恐竜の標本みてぇな具合に立ち腐れている、という陰気なエリアで、我々は立ち往生、ははは、道に迷ってしまったのである。

あまりにも本来のルートからそれている、少しく体勢を立て直した方がいいのでは、って、助手席から五郎に、「一度止まった方がいいんじゃねぇ」と提案すると、五郎は素直にこれを受け入れ、ガードレールの手前、路肩に車を停めた。

「地図見よう、地図」って、地図と五郎が持っていた住所のメモを照らし合わせて検討したところ、どうやら我々は、高速を下りた時点で、道が二股に分かれていたにもかかわらず、ろくに標識も確認せずに、たまたまそのとき自分たちが左側の車線にいたものだから、安易に、あ、こっちこっちと、左のルートをとったが、本来であれば、右、すなわち、私鉄よりの旧道を通るべきであった、ということが判明したのである。「すこたんすこたん」「それなんだよ」「いや、別に方言」「どこの方言だよ」「和歌山県の南の方じゃねぇかな」「おまえそっちの方の生まれなのかよ」「いや関係ねぇ」「じゃあ、なんで、すこたんなんていうんだよ」「少しはおもしろいかと思って」「馬鹿野郎」って、しかし、じゃあ、どの道に戻ればいいんだよ、と、さらに仔細に地図を検討していると、さっきから、そわそわと落ち着かず、どうもルートの検討に身が入らぬ様子であった五郎は、「俺、ちょっとしょんべんしてくらあ」と車を降りていった。「はは、小便を我慢してやがったのか。じゃあ、わたしも」って、自分も五郎の後に随いて、ガードレールを跨《また》ぎこして藪の中へ入ってった。

ガードレールの向こう側は斜面になっていて、眼下に、幅2メートルくらいの小川が流れているのが見え、こいつぁいい、ってんで、ずるずる下りてって、五郎と並んで流れに向かって放尿していると、左手に、ちらちら動く人影のごときが見え、なんだあら、って小便を終え、見てると、グレーのつなぎを着てふたをした青いポリバケツを持った男が、こっちに向かって歩いてきた。すぐ近くまで来て初めて分かったのだけれども、坊主刈りの白髪頭が伸びてぼうぼうになった、五十歳くらいの日に焼けて小柄な男の着ていたつなぎはグレーではなかった。遠目にグレーに見えたのは、様々の美しい色の糸を用いて、つなぎ全体に施された、幾何学的な模様の細かい刺繍で、その配色、細かさからは、偏執的な気迫のごときが漂い、かかる渓谷でいったいなにをやっているのだ、しかもかような極彩色の刺繍のつなぎを着て。気色の悪い。って、しかし、向こうも、かかる渓谷で男二人で佇んで変な野郎だと思ってるに違いない。お互い様だな、あはは、そうだ、あの親爺に道を聞いてやろう、って、自分は、刺繍の親爺に、「ちょっと、おっさん」と、声をかけたうえ、「ここなんだけど、分かんねぇかなあ」と、津山臣という名前と、住所を書いた紙を見せたのである。しばらくじっと紙を見て、それから自分たちの顔をじっと見て、また紙を見た刺繍の親爺は、「で、あんたらは何の用で津山臣のところへ行くんだい？」と訊くので、「津山さんのところに荷物を届けに来たんだけど」というと、「荷物？　何の荷物？」と訊くので、事情が事情であるだけに、見知らぬ人に無闇にいきさつを喋らぬのも、遺骨運搬業者の仁義だ、と言葉を濁していると、横から五郎が、「津山幸男ってのが死んだんだよ。で、俺はあいつをちょっと知ってたから、頼まれて、その遺骨を届けに来たんだよ」と明るく言うので、内心、わちゃあ、と、思っていると、つなぎの親爺は、あっさりと、「津山は家だよ。津山幸男は弟だ。じゃあ、あんたらがそうか、なるほど、それはご苦労さん」と言ったのである。

驚き桃ノ木山椒ノ木。探していた人にあんな川で偶然にも出会うとは、って、車のところに戻って津山臣に遺骨を手渡すと、津山はうわの空でこれを受け取り、五郎に、「この車は弟の遺品じゃないの？」と訊いたのである。五郎が否定すると、津山は、「ああ、そう」と言い、「じゃあ、行こうか」と、自分らを促すのである。なんで自分らが津山といかなきゃならんのだ、って、「行きましょうか、って、どこ行くの？」と訊くと、津山は、「まあ、俺んとこにも寄ってくださいよ、弟の話を聞かせてください」というのである。自分らとしては、遺骨を渡した段階で仕事は終わりなのであるから、もはやお役御免、とっとと帰りたい気分なんだけど、向こうがそう言っているのだから仕方ない、じゃあ、ちょっとだけ寄ってくか？　って、津山に、「そんなら、おっさんも車に乗っかっちゃって」と、言うと、津山は、骨壺を抱いて少し思案してから言った。「車はここに置いてきなよ」「えっ、でも」「いいんだよ、大丈夫だよ。こっから車だと、大回りして二十分くらいかかるんだけどね、そこの川から行くと、近道があるから、五、六分で着いちゃうんだよ」って、またガードレールに向かって歩き出したので、自分らは、津山が置いていった持ち重りのするポリバケツを持って後を追っかけた。

なるほどこれは車は通れねぇ、って、さっきの川、浅瀬を石伝いにぴょんぴょん飛び渡って、対岸の藪、これも斜面になっているのをつるつる登ると、グリーンのフェンスが張り巡らしてあるのであるが、一箇所、人ひとり通れるぐらいの破れ目があって、津山臣は、その破れ目を潜って、その奥の雑木林の中に入っていく。俊敏な動作の津山に随いて行くだけで息が切れ、おまけにバケツも重く、五郎に、「おい、こんなとこに家があんのかよ」と小声で尋ねると、五郎も、「ほんとだよな」と、ぜいぜい言ってる。聞こえたのか、津山は振り返って、「すぐそこだから」って、前方を指さした。耳のいい野郎である。

雑木林を抜けたところは広い運動場もしくは駐車場様の広場で、正面は切り立った崖、左側にうねうね下っていく砂利道、右側は大きな三階建ての建物で、津山は、その建物の手前、駐車場の受け付けのようなプレハブ小屋に自分らを招じ入れた。

引き戸を開けて入ったところが一畳の土間で、スチールの机とパイプ椅子とストーブが置いてあって、その奥が四畳半になっており、赤茶けた畳が敷いてあって、隅に布団がつくねてある。自分と五郎が土間でもじもじしていると、津山は、「まあ、あがれよ」と言い、手を伸ばして、正面の壁に吊った棚に、骨壺の入った箱を安置して、かわりに薬缶を手に取ると、「水汲んでくるから待っててくれ」って、また表へ出ていった。「なんだ、こら、ひでぇ家だな」と、五郎がいうのも無理はないのであって、はっきりいって、いまの自分の家よりひどい。なんだか埃っぽいし、孤独で陰惨。不吉な感じのする住まいである。不吉。「ほんとだよなぁ」と、何気なく正面の棚の骨壺を見ると、やべぇ、例の津山幸男の悲惨な入れ墨写真が、こういうときに限って、どういうわけか剝がれずにくっついているのである。あちゃあ。剝がれたままにしときゃあ、よかった。遺族の前で情けねぇ、って苦慮しているところへ、津山は水を汲んで戻ってくると、七輪に空消しをついで炭をつぎ、いこった火に薬缶をかけ、自分と五郎の顔をじっと見ると、「ひどいだろ?」と言うのである。気おくれして黙っていると、津山は重ねて言った。「ひでぇだろよ、実際よ」「えっ、なにが」「とぼけなくてもいいよ、ひでぇ暮らしだと思ってんだろ」「別にそんなこと思ってねぇよ」「いいよ隠さなくても。実際、ひでぇんだから。な、ひでぇものはひでぇんだよ。それでいいんだよ。な、そうだろ、そっちの兄さん」と、津山は五郎に言った。五郎は、「それもそうだな、じゃあ、ひでぇ」と言い、自分に、「そうなんだよな、俺たちさっきそう言ってたんだよな」と言うのである。考えてみれば、そのとおりで、津山も、ある種、こんな暮らしを達観してしまっているところがあるのであろう。だからこそ、あんな刺繍の服を着て人生をおもしろおかしく暮らしていられるのだ、そうか、なるほど、って、自分も言った。「そうなんだよ、ひでぇ暮らしだよ」五郎もまた言った。「ほんとにひでぇな」「ほんとにひでぇ」「滅茶苦茶だな」「滅茶苦茶だよ」「人間の暮らしじゃないね」「ほんと、ほんと」「ああ、ひでぇ」「ほんとひでぇ」って、五郎と二人で笑い、ふと、津山の方を見ると、鼻息がふんふんして、口元がぴくぴくしている。あっやべぇかな、と、思ってると、やはり、「いくら本当のことでもそこまで言われると腹が立つ」と言うなり黙りこくってしまったのである。

しまった。気まずいことになってしまった、って、五郎と顔を見合わせ、「じゃあ、俺たちそろそろ帰ろうか」と、立ち上がりかけると、津山は下を向いたまま、「俺たちだって元々こんな暮らしをしてたんじゃないんだよ」と、陰気な口調で言うのである。行くに行かれず黙ってると、さらに、「俺の弟だろ、分かってんだよ。網走じゃ苦労したよ。みんな吹雪の中で数珠繋ぎだよ。俺の鼻がな、前の奴の足になってるんだよ。それで、そいつの手が今度は、その前の奴になってるんだけど、そいつが林檎の木の枝なんだよ」と、訳の分からぬことを、ぶつぶつと聞き取りにくい低い声で言ってるかと思うと、突然大きな声で、「ばれてんだぜ。あの宮内庁の土地だろ」と言ったりして、とても気味が悪いので、「じゃあ、俺たちはそろそろ」と立ち上がると、津山は、急に顔を上げ、「焼き肉食ってけよ」と言うのである。「焼き肉いいよ。要らないよ」と、断わると、「食ってけよ。あんたらが来るってえから用意したんだぜ」と、いったん、外に出て、さっきのバケツをぶら下げて土間に立ち、それからバケツの蓋を取って我々に見せるのである。中身はなんだかぬるぬるした畜肉で、大変に気色が悪く、また、なぜか津山は、右手に金槌を持っていて、ちょうど、我々の前に立ちふさがるように土間に立つ津山は、日の加減でシルエットになって、たいへん不気味で、五郎と顔を見合わせているると、今度は「こうやってな、俺が必ず、金槌を持って飯を食う理由があんたらに分かるか」と、訊くのである。五郎が、「牡蠣《かき》とか栄螺《さざえ》の壺焼きを食うためじゃねぇの？」と答えると、津山は、「こうやって、金槌を常備しておけば、いつだって頭を叩き割れるだろ？　いざ自殺したくなったときの用心だ。しかしなあ、この金槌の用途はそればかりじゃないんだよ。来客があったときには他殺用に早変わりするんだよ。つまり、自殺他殺兼用の金槌というわけだ。けど客なんて滅多に来ねぇから、九割方は自殺用だがな」と言うのである。まことにもって気色の悪いことこのうえない。五郎は、小声で自分に言った。「どうするよ」自分も小声で答えた。「逃げるか」「けど金槌持ってるぜ」「そうなんだよ、なんとかに刃物……」と打ち合わせをしていると、津山が、「あんたそれ、気違いに刃物、っていいてぇんだろ。俺、気違いじゃないぜ、まったくよ、冗談の通じねぇ奴等だ」と、明るく言う。自分と五郎は、状況判断をしかね、えへらえへら照れ笑って、プレハブ小屋でまるで馬鹿のよう。

通常、焼き肉料理の場合、自分の食う分量、ならびに一座の人が食うであろう分量を十分に考えて、カルビやロースを網に載せていくもので、なぜなら、そうしないと、肉が焦げてしまうからであるが、小屋の前の駐車場、もしくは運動場用の空き地の隅に、ブロックを並べて金網を渡して展開する、津山のバーベキュウは少し様子が違って、肉もロースやカルビではなく、大腸、腎臓、といった内臓肉であり、しかも食べる分量というものを考えないで、どんどん網に載せるものだから、肉はてんこ盛りに盛り上がり、下の方は真っ黒に炭化しているし、上の方は生の冷たい腸肉なのである。これでは食えたものではない。自分は黙って津山の手元を見ていたが、とうとう我慢できなくなって、「それ、肉、やばいんじゃねぇの」と言ってしまった。ところが、津山は、まるでしらんぷりで、「あすこはねぇ、戦時中は軍の施設だったんだよな。で、終戦になって親爺が買い取って病院を始めたんだな」と、三階建てを指さして言い、肉をなんとかする様子などまるでない。「だから、そうじゃなくて肉がよぉ、焦げてんだけど」「肉。そう肉ね。俺、子供のときな、客が大勢来て、バーベキュウパーティーだよ。けど、俺は、肉なんかひとかけらも食わなかったんだ。俺は黒眼鏡をかけて誰とも喋らずに浜納豆を食ってたんだよ。俺はそういう嫌な子供だった。弟は、そのころまだ生まれてなかったよ。どうだった弟は？　東京で？　どうせ、弟は犠牲の肉だろう？」と、急に五郎を見て訊くのである。五郎がへどもどしていると津山は、にやにやして、「とにかくよ、あんたらが骨を持ってきてくれたんだからよ、弟も喜んでると思うよ」と言い、あっ、そうだ、と、立ち上がるとプレハブ小屋から骨壺を持って戻ってくると、被せてあった布をとり去って、火にくべ、小脇に骨壺を抱えて、広場を一巡して、花咲か爺さんのように骨を撒いて歩き、戻ってくると、「弟も郷里の土になって嬉しいだろう、はは、いわゆるところの散骨葬だなぁ」と言って、骨壺の下のほうに残っていた骨を、手で揉んで肉に振りかけ、「弟ですから、供養ですから、食ってください。カルシュームもあるんで」と言い、再び立ち上がると、「酒買ってくるから待ってて」と、奥の林の中に消えたのである。

しかし、それにしても、いくら供養だからといっても、よく知らぬ人の骨粉を振りかけた、素性の知れぬ家畜の生の腸は、普通、食えるものではない。自分は、津山がいなくなったのを幸い、さっきから気になっていた網の上の肉を火の中に棒で落とし、網の上をすっきりさせた。ところが、骨粉のかかった不快な畜肉が、すっかり燃え尽きて炭化してしまったにもかかわらず、津山がいつまで経っても戻ってこないのである。「なんだよ、全然帰ってこねぇじゃねぇか、どうかしちゃったんじゃねぇのか」ってぇと、五郎は、「もういいだろう、俺たちも帰ろう、骨も渡したんだし、そういつまでも交際してはいられねぇ」と言うのである。確かにその通りであって、そもそも、五郎と自分が、こんなところで焼き肉料理をしているのは、例えば、電気屋で家電製品を買った際、配達の人が親切にもそれを設置してくれるのと同様の、いわばサービスなのであって、運び屋本来の業務ではないのである。「じゃあ、そうするか」って、自分らは帰ることにした。

歩きながら五郎が言った。「しかしよお。なんだよ、あの爺ぃは」「あら頭がおかしいんだろ」「けどときどきまともなことを言うじゃない」「けど、あの肉の焼き方はやっぱり異常だろ」「ギャグでやってんじゃないの」「けど目つきとかマジだぜ」「だからあいつはよ、むかし役者をやってたんだよ。そいで真に迫った嘘がうまいんだ」「けど、うますぎだぜ、やっぱりおかしいんだよ。だから葬式もできねぇ」「そうかな、けどまあ、いいか仕事も終わったし」「そうそう、帰ったら祝杯をあげよう」「祝杯ってなんの祝いだよ」「だから、俺たちの遺骨運搬業の前途を祝して」「前途、って、こんな仕事もう二度とねぇよ」「それはおまえの営業努力が足りねぇんだよ」「営業、ってどうやるんだよ」「だからよ、変死体が出た、つったらすぐ警察行くんだよ、そいで、身元確認に来た家族に、もしなんだったら骨運びますよ、って」「殴られるぞ」などと、議論しつつ、自分たちはさっきのルートを逆に辿ったのであるが、先を歩いていた五郎が、ガードレールを跨いで道路に出ると、「あれ」と、頓狂な声を上げるので、なんだ、なんだ、と、早足で斜面を駆け上がり、ガードレールを跨ぎ越したところで、自分も五郎と同様に、「ぎょぎょ」と間抜けな声を上げてしまった。

我々の車が忽然と無いのである。レッカー移動をされたのか、って、そんな馬鹿な話はないのであって、かかる人気のないところに人員を派遣して、駐車違反の取り締まりをやるほど、警察は暇ではないだろう、「じゃあ」「盗まれた、ってことか」って、五郎は、「やべぇよ」と呟いて顔面蒼白である。「おめえキーはどうしたんだよ、キーはよ」と言うと、五郎は、ポケットに手を突っ込んで、「ああっ、ねえ」「落としたのかよ」「わかんねぇ」「とにかく警察へ届けよう」てぇと、五郎は、「あの車、借り物だったんだよ」と言うのである。つまり、自分が、うどん部のことで嘘を言っていたのと同様に、五郎もまた、酔いにまかせてでたらめを言っていたのである。おまけに、五郎の告白によると、悪いことに、その車を貸した人物が車の持ち主というわけではなく、車の真の持ち主は、五郎に車を貸した五郎の友人の師匠にあたる喜劇俳優だというのである。つまり、師匠の留守中に弟子が勝手に師匠の車を他人に融通したのであり、もしそのことが師匠に発覚すれば彼は、直ちに破門、喜劇界永久追放、車が盗難にあった、ということが明らかになれば、直ちに弁済、それがかなわぬ場合は、監獄行き、ということになり、自分としては、自決して詫びるでもしない限り、彼に申し訳が立たぬ、というのである。

「しかしよお、まだ盗まれたと決まったわけでもないだろ」「じゃあなんなんだよ、ねぇじゃねぇか」「それによ、盗まれたとしても、見つかるかも知れねぇじゃねぇか」「けど、明日までに見つけなきゃなんないんだぜ。それによぉ、警察に届けを出せねぇしよ」「なんで」「なんで、って事の次第が全部ばれるじゃねぇかよ」「あっそうか」「俺はもうだめだ。どうせ決まった人間なんだよ」「まあ待てよ。とにかくよぉ、これからどうするか考えねぇとな」「そりゃあんたは気楽でいいよな、どうせ潜伏逃亡中だしよ。失うものがねぇじゃねぇか。俺はどうなるよ、俺は」「そういや、おめぇいまなにやってんだ」「なにやってんだ、ってなんだよ」「うどん屋、辞めて何をやってんだよ」「だから、あんたと骨壺、運んでんじゃねぇか」「いやそうじゃなくて、おまえいま何屋なんだよ、つってんだよ」「だから遺骨の運搬業だよ」「それは、おまえ冗談じゃねぇか。ということはおめぇ、俺と一緒だよ、無職なんだよ、な、おめぇだって気楽なもんだよ」「あっ、そうか」「そうなんだよ、な、だからよ、とりあえず善後策を考えて」「そう具体的に考えると暗くなるんだよなぁ」って、五郎はすぐ陰になる。「とにかくここにいても埒はあかねぇからよ、腹も減ったしよお、こんな陰気なところじゃなくてよ、もうちょっと小ましなところで飯でも食いながら考えよう」って、自分は暗い五郎と、人気のない舗装道路をよろよろ下ってった。

8

とりあえず、ずんずん下っていきゃあ、市街地に出るだろう、と見当をつけて、ぶらぶらと下るうち、だんだんに勾配が緩やかになり、遂に平坦地になって、右カーブを曲がると、唐突に舗装が途切れ、ところどころに水たまりが出来ている未舗装の道になって、正面にぼろぼろの背の高い木柵、といっても、崩壊して、その一部が残存しているだけで、柵としては機能していない柵があり、その奥に家が建っている。やっと人が住んでるところに出たよ、って、自分らはよちよち中に入ってった。しかし、なかの家はぼろぼろで、下見板は反ってめくれ上がってるし、瓦はずり落ちているし、庇はいまにも落ちてきそうに傾いているし、正味の話、褪色したブルーの物干し竿にみやこ腰巻きが干してあったり、玄関先に鉢植えが置いてあったりしなければ、とうてい人が住んでいるようには見えず、こんなとこに飯屋なんてねぇだろうな、と思いつつも、ちょっと行くとすぐに突き当たり、ってT字路のやたらと多い、白っぽくて硬い土の道を、うねうねと歩くうち、五郎が、「あれぇ」と不思議そうな声を出した。「なんだよ」と訊くと、五郎は、「この住所さあ、なんか見覚えねぇ?」と、かたわらの電信柱に貼ってあった、町名表示の看板を指さし、「さっきの住所のメモある?」と言うのでポケットから出して渡すと、五郎は、首を曲げて両者を見比べ、「これどういうこと?」と言うのである。「おかしいじゃないですか。変じゃないですか」って、確かにその通りであって、その電信柱に記された町名番地は、メモの町名番地とぴったり符合するのである。しかし、自分たちは、先ほどの津山臣宅から、三十分以上歩いて、ここに到達したのであり、少なく見積っても、2、3キロは歩いているはずである。町名はともかくとして、2キロ以上も隔たって、番地まで同じってことが果たしてあるのであろうか。「妙じゃねぇか」って、五郎とふたあり、今度は、五—十三、五—十三、って、口に出してぶつぶつ言いながら、住所表示を探して歩き、完全にメモと合致する住所の電信柱のところで、再び、「これどういうこと？」って、立ち止まって見ると、電信柱の傍らの、ガラスのはまった木枠の引き戸を開け放した、庇の上に津山硝子店という看板が出ている家がある。住所が合致して、で、看板に津山。「これどういうこと？」「どういうこと、って、じゃあ、ここが津山か？」「じゃあ、さっきの津山はなんだ、あら」「あら、津山」「おかしいじゃねぇかよぉ」「同姓同名か？」「民子さんは、実家が硝子屋でとか言ってなかったのか」「言ってない」「じゃあ違うのか」「けど住所が一緒だからなぁ」「ということは？」「ようするに、あの津山は津山じゃなくて、こっちの津山が本物、ってことかぁ？」自分と五郎は、「やられた」と、ほぼ同時に叫び、「じゃあやっぱりここが」って、開け放した引き戸の中の様子をうかがうと、中は店土間で、木で拵えた山形の枠にガラスが差してあるのがいくつか置いてあって、奥の作業台の前に、浴衣姿の極度に痩せて、黒縁眼鏡をかけた長髪の青年が、浴衣の前をはだけて座り、俯いてなにか作業をしている。

その店土間から一段高くなったところが住居らしく、六畳の座敷で、壁や襖には、破れを補修してあるのか、雑誌から破りとったらしいピンナップ、新聞紙、反古紙が貼《ほご》ってあり、茶簞笥、型の旧いテレビ、ベビー簞笥などの家具の上、また壁際には、アルミ鍋、洗面器、セロハンテープなどの雑多な生活用具、小さな段ボール箱が堆《うずたか》く積み上げてあり、貧貧貧、窮窮窮、という音がするようである。なんだかガラスを切るような作業をしている青年の胸のところには赤い斑点がいくつもあって、あれが津山臣であろうか、って見てると、後ろから、五郎が「どうするよ」って、上着の裾を引っ張った。「どうするってなにを」「だって骨はあの爺ぃが撒いちまったじゃん、ねぇんだよ、骨」「あっそうか。どうしょう」「へなへなへな」「なんだ、そのへなへな、ってえのは？」「気力の萎え衰えた音」「やめろ、聞いてる方がへなへなする」「ごめんごめん」「まあ、とにかくしょうがねぇ、もしかしたら、さっきの爺ぃが戻ってっかもしれねぇから、もし戻ってたら半殺しにする、ってことで、行ってみる？」「絶対逃げてるよ、車だってあいつが盗んだんじゃねぇのか？」「じゃあどうするよ？」「どうしよう」「とにかく事情を説明して謝るか」「なんて言って謝るんだよ、騙されて骨を失くしました、じゃ通んねぇだろ」「まあそうだけどよ、爺ぃが骨、捨てちゃったんだから謝んなきゃしょうがねぇだろうよ」「どうも納得いかねぇんだよな。なんで俺たちが謝るんだよ」「そらしょうがねぇんだよ、だからよ、天ハマもそうだけど、とりあえず一旦、正義は窮地に立つんだよ、な、で、後日、殲滅する。これがだいたいのパターンなんだよ」「パターン、ってなんのパターンなんだよ」「いや、別に、水戸黄門とかだけど」というと、五郎は、両手を膝の上でそろえて、腰をかがめ、はあ、と発音した。「なんだそれ？」「大きくため息をついた描写です」「やめろ、っってんだろ。とにかく虚心坦懐謝るしかねぇんだよ、いいから黙って随いてこい」「はあ」「やめろ、っってんだろ」「ちょっと」って声を掛けると、作業の手を止めた本当の津山臣は、しばらくこちらをぼんやり見て言った。「なに？」「あの、頼まれて東京から骨を持ってきたんですけど」というと津山は、「骨？」と怪訝な顔をするので、こらどうなっとるんだ、って、「津山幸男さんはあなたの弟ですよね」と、尋ねたにもかかわらず、「幸男はわたしの弟だけど、なにか？」と、怪訝な顔をするばかりで、どうも、話が通じぬのである。もしかしたら、弟が死んだのも知らねぇのか、って、自分は、「弟さんが亡くなったんです、で自分らは、姉さんに頼まれて遺骨を運んできたのです」と説明したところ、躾のあちこちをぼりぼり掻きながら、ぼんやり訊いていた津山は、「なるほどね、弟は死にましたか、そうですか」と全然驚かず、それどころか、最初のうちはぼんやりしていたくせに、弟が死んだと言うことがはっきりした途端、浮き浮きして、「いやあ、済みませんでしたねぇ、わざわざ、こんなところまで、来て貰ってほんと」って、なんで自分たちにこんなに、と思うくらいににこにこと愛想がいいのである。こんなに愛想良くされると、かえって、話がしにくいのであるが、しょうがない、自分は話を切りだした。「それが、いですね、ほんと申し訳ないことに」「なにが」って、津山は相変わらず屈託がない。「いや、自分らの不注意だったんですが、なんか変な刺繍の服を着た親爺が出てきて」「刺繍？」「ええ、そうなんですよ、それがですね、俺が津山だ、てって、焼き肉をして」「焼き肉？」「そうなんですよ。それがまた、でたらめな焼き肉で、てんこ盛りなんです。下は焦げ焦げで上は生なんですよ」「ほお、ほお、そら、不味そうだ」「その爺ぃがですね、俺らは、その爺ぃをあなただと思って骨を渡しちゃったんですけど」と、言って、自分は一気に、「弟さんの骨をそこいらに撒いてしまったんです。すみません」と言って頭を下げたのである。

頭を下げた時点で、当然自分は、憤激した津山臣の糾弾を受けねばならぬだろうな、と覚悟していたにもかかわらず、そういう気配もないので、そろそろ頭を上げると、津山は、「骨撒いたの。そいつ。変な奴だな」と、相変わらずにこにこ笑っている。もしかしたら、怒られないのだろうか、って、自分は、「本当にすみません」と、いま一度頭を下げると、津山は、「いいよ、いいよ。全然問題ない。だいたい骨なんてのはただの物質だからね。親爺のときはしょうがないから葬式やったけど、おれたち兄弟の時はいいんだよ」と淡々と言うのである。しかし、まあなんとなく悪いので、「けど、すみません、ほんと」と、今度は少し軽く言うと、「いいの、いいの。じゃ、まあ、そうですか。そうですか。死にましたか。弟は。そうですか」と、ますます嬉しそうで、その態度があまりに快活なので自分は、ひょっとしてこいつも贋か、と疑ったが、さっきと違って住所も名前も合致しているのだから間違いはない、まあ、葬式もやらねぇ、ってえくらいだから生死を超越した固い信念を持つ人かも知れぬと、自分なりに納得していると津山は、「いまこれやったら茶をいれるから、ちょっと待って」というと、俯いて作業を始めた。

津山は作業台の上の、ガラスに特殊な定規を当て、カッターで切断すると、どうだ、と言わんばかりの表情で、自分と五郎のほうを見て、「このままだと危ないからね、切り口を削ってなめらかにする」と言うと、また俯いて、別の道具で切り口を擦った。擦り終えた津山は、ますます得意そうな表情で、「こうやると切り口がなめらかになって、危なくない、ほら」と言うと、親指の腹を、いま面取りをした切り口に押しつけて、力を込めて上から下に滑らせた。しかし、彼はガラス屋であって、そんな作業は毎日飽きるほどやっているだろうに、自分らのような素人相手になにがそんなに得意なのだろうか、と内心、思っていると、津山は突然、「ぎゃあ」と叫んだ。見ると、親指から鮮血が噴出している。面取りが上手くいっていなかったのである。五郎と自分は、親指から鮮血をほとばしらせて、わあわあ泣きながら六畳に駆け込んでいった津山に、「じゃあ、すみませんでした。お邪魔しました」と言って表へ出た。

9

「とにかくなんか食おう」って、右に左に、T字路を無闇に曲がるうち、片側一車線、それでもかなりの通行量のある道路へ出た。おそらくこの道が、本来、自分らが通るべきであった道である。この道を通ってさえいれば、川で刺繍の爺ぃに出会うこともなく、車を盗まれることもなく、てきぱきと仕事を片づけて、足元の明るいうちに帰ることができたのであるが、物事をいい加減に考えて、よく調べもせずに、まあ、行きゃあ分かるだろうなんて言ってるからこんなことになる。後悔先に立たず。何とも情けないことであるが、また、こっちいきゃ飯屋あるんじゃない？　って、また根拠のない推測に則って道路を渡ると、金融屋と八百屋の間に、覚醒剤打つな打たすなみんなの目、と書いた看板があって、脇に、0・9メートル幅の薄暗い露地があり、露地を抜けた向こうに、人が通っていて、土地が盛っている気配が感じられたので、自分は五郎に、「こっちから裏に抜けてこう」ってって、薄暗い露地の奥へ入ってった。

　一見したところ、仕舞うた屋なんだけれども、よく見ると、いずれも軒先に屋号を染めた小さな暖簾を出してあったり、開け放った格子戸の上に瓦葺きの装飾的な庇を設置してあったり、小ぶりの粋な軒行灯があったり、盛り塩がしてあったり、と、どうも客商売の家らしいのが、細い道の両側に並んで、また、道の真ん中にガタロのような男が、三、四人、なにをするわけでもなくぼんやり立っている。また、そのくすんだような男たちとは対照的な、いたるところにスリットが入ったピンクや黄色のチューブトップ、尻が見えそうな牛革や豹柄の超ミニスカートといった、きわめて露出度の高い服装の若い女が、ハイヒールをかつかつ鳴らして闊歩しているのであって、すなわち、この界隈は、女の人が男の人を接待する、いわゆるお遊びの町であることを、自分も五郎も直に察知した。そして、かかる田舎の木造モルタルの古びた建物の中で展開される自由恋愛であるのであるから、女たって、そういいのは居ねぇだろう、と思いきや、さっきからすれ違う女というのがこれ、なかなか粒ぞろいで、五郎に「飯、食ったらちょっとあがってみる?」と、控えめに提案したところ、五郎は大層乗り気で、「それって素敵」と、冗談めいて、じゃあとりあえずなんか食って、って歩くうち、左手に、蔦や、と染めたピンクの暖簾を出した家があったので、自分らはそそくさ入ってった。

まだ五時前だというのに、カウンターには何組か先客がいて、自分と五郎は、奥の小上がりに通された。小女に酒と料理を注文して、とりあえず運ばれてきた突き出しと酒。「お疲れさま」「ほんとほんと」って、五郎の盃に酌をして、やれやれひどいめにあったよ、ってやっとこさ、飯と酒にありついた自分と五郎は、しばし、今後の成りゆく先のことを忘れて飲みかつ食らったのであるが、さっきから、どうも気になるのは、カウンターの入って一番奥、従ってこっちからは一番手前で飲んでいる、ルー・リードのような顔をしたおばはんと、こっちからは逆向きで顔は、ちょっと分からぬのだけれども、妙に甲高い、アニメーション漫画のヒロインのような声のおっさんの会話なのである。自分たちが入ってくるまではついていなかったのに、自分たちが入った途端、小女がつけた、隅の棚の上のテレビの競馬中継に混じって、断片的に聞こえてくる、その会話というのが、「カイチもやりすぎだなぁ」「けんどカイチがあんななぢまってぇ。オミとユキオが墓石ぶっ倒しぶっ倒しすからだ」「けんどあんな身体になぢまっだんだから、せづなぐでなんねだろ」「なにも骨になでまでふぐしゅうされねぐでも」「カイチもあんななっぢまっだんだから」「けどおあすこまでやんねぐでも」「けどカイチのことはみんな見て見ぬ振りしてんだがら」と、聞いたような名前がちらほら聞こえ、こら、ちょっとやばいかも知らん、或いは、車盗難事件の手がかりになるかも知らん、と自分は、目を閉じて、本格的に聞き耳を立てたのであるが、図らずもルー・リードのおばはんと目があってしまった途端、目配せした二人は急に黙って、やがて、お愛想をすると、腕を組んで店を出ていったのである。店を出際にルー・リードみたいなおばはんは、一瞬自分のほうを見て、しゃっ、って、猫のように口を開いたような気もして、気色が悪い。けど、しょうがねぇ、自分は、ちゃっ、って酒を飲んだ。

ちょっと、とろっ、となって、心の中のいろいろな蟠《わだかま》りも、ぐずぐすと溶融して、「じゃあよ、どっかあがるか」「そうね、それっていいかも知れない。こういうときは気分転換が肝要だ」「肝要とはまた固いね」「固い固いと仰いますが」「怪しい声だ。なんだそりゃ」「これは都々逸《どどいつ》」なんて、自分と五郎は協議の結果、とりあえずここで別れて、それぞれ適当な家に登楼し、適当な御婦人と戯れた後、この店で一時間後に、再度集結した後、いま一度今後のことを話し合うことを約し、お愛想を済ませて狭斜の巷にいそいそ散ってったのである。「お兄さん、若い娘、若い娘」と、婆が引っ張る。「あがったら、あんたが、おおきに、なんて、出てくんじゃねぇだろうな」「ぐふっ、お兄さんが、その方がいい、ってんだったら、そうしようかしら。ぐふふ」などと、婆に背中を押されて、あがった家は、玄関の間からすぐ階段で、とんとんとんと二階に上がると、ベニヤで拵えた板戸が三つ、婆は、「ここ、ここ」って、真ん中のベニヤの戸を開いて、自分の背を押して、中に押し込めると、「じゃあ二万円、お願いね」と、早口で言い、五郎から貰ってきた金から二万円を抜き取って渡すと、「下にいるから女の子気に入らなかったら呼んでね、ぐふふ。ふっふっぐっげほっげほっ」と、あれで愛想のつもりか、最初笑って、最後咳こんで階下に下りていった。

中は、三畳間で、部屋の真ん中に、ぺらぺらした夏布団が敷いてあり、磨りガラスの入った木枠のガラス窓には黄土色のカーテンが引いてあり、そもそも六畳間であるのを無理にベニヤで仕切ってあるためか、奇妙に存在感を感じさせる位置に床の間があって、ガラスケースに入った神功皇后が置いてあり、天照大神と書いた軸が掛けてあり、さきほどまでの浮き立つような気分は、みるみる萎え、ともすれば、今後の行く末、人生、なんて言葉が頭に浮かんで、わびしい、暗い気分になりがちで、やめときゃよかったかなあ、って、少しく後悔して、一服つけていると、階下から、とんとん足音がして、「まりなちゃんでーす、よろしくぅ」なんて、上がってきたのは、頭にぼんぼらをつけた十七、八、いっても二十、ってえ若い女で、なかなかやないの、女は、「すぐで悪いんだけどいいかな?」って服を脱ぎつつ、「あんた何する人?」と訊く。遺骨運搬業、とも、天田はま子殴り業、ともいえず、俺ぁ、って考えてると、まりなちゃんは、「あんた、映画の人でしょ」と言うのである。なんだか訳が分からぬので、「まあね」って曖昧に返事をすると、まりなちゃんは、自分の首に腕を回して、「やっぱりな、なんか雰囲気違うと思ったもん。あんた助監督?」と訊くのである。なんだか分からぬが、まあそう思いてぇんだろう、ね、思いなさい、思いなさい、けど助監督ってぇのは身分的に少しく軽い感じがするから嫌、ってんで、「いや、俺はプロデューサーだよ」と嘘をいうと、まりなちゃんは喜んで、「あたしも映画に出してくれるように監督によろしくいっといてね、あたし、今日はサービスしよう、っと」って、自分に抱きついて接吻したのである。まあ、なにか勘違いをしているのだろうけど、まあサービスをするといっているのだから、それを無下にするのも無人情な話なのであって、サービス。しなさい、しなさい、ほう、ほう、ほう、って、自分の情緒は、再び活況を呈し、最初は、まりなちゃんにサービスをさせていたのであったが、だんだんに、どっちがサービスをしているのか分からぬ、ということになったうえ、最終的には、延長料金まで支払って表に出たのである。

へとへとになって表に出ると、格子戸の脇に三歳くらいの男の子供が、しゃがみこんで水たまりに手を突っ込んでなにか洗っている。手元を見ると、子供が洗っているのは、丸い石である。自分は子供に尋ねた。「なに洗ってんの」子供は答えた。「これは綺麗にしておかなければいけないの」「なんで。ただの石じゃない」「うんそうだよ。これはただの石なの。だけどね、だけど大事なものの卵なの。だから綺麗にしておかなければいけないの」男の子供は、自分の目をじっと見たのである。やれん。

10

素晴らしい夕焼けですね。なんて河原。料理屋で落ち合った自分と五郎は、夕日が美しいのに誘われるようにしてやってきた河原の堤防の基礎のコンクリートの部分が、河原から一段高くなって、無闇に細長い土壇場のようになっているところで、さっきから、国道の橋脚をバックに、木の枝をマイクに見立てて、テレビの歌手の真似をして、一心不乱に歌い踊る少女と、川を背にして鳩のように並び、にこにこ笑いながら少女に拍手と賛辞と慈愛のまなざしを送る、年寄りの乞食たちを交互に眺めているのであるが、実にやれんのである。なんとなれば、年寄りの乞食に受けまくっている少女は、もう得意の絶頂で、驕慢、といっても過言ではないくらいにつけあがっているのであるが、服装などからもそれと知れるが、はっきり言って彼女もまた、乞食なのである。こんな無知蒙昧の年寄りの乞食に養われて、教育も満足に受けられないだろうし、彼女の将来が暗澹たるものであることは火を見るより明らかなのである。そんなこともつゆしらず、少女は、あのように、横を向いて尻を突き出したり、媚びを含んだ笑顔を見せたり、歌い終わって一礼したりしているのであって、また、そんなことをさせておく、老乞食どもも、老乞食どもで、いっそ、このような境遇、身の上であるのであるから、強引に暴力で、説教節でも仕込めばいいのに、あんな風に無責任につけあがらせる。ああ、やれん、やれん、って、自分は、河原でじりじりしているのである。

なあ、五郎、やれんよな、って、見ると五郎は、盛り上がっている乞食を避けていったん河原に下りてから、再び土壇場に上がって、ずっと河口のほうにぽつん。あんなところまで行ってやがる。自分は、乞食の間を走り抜けてって、河原に向かって傾斜しているコンクリートの斜面に足を投げ出して、どこで拾ったのか、新聞を読んでいる五郎の隣に、真似をして足を投げ出して座った。対岸に、カメラや照明機材を担いだ連中が右往左往しているのが見える。はっはーん、あれが妓が言ってた撮影隊か、はは、大の大人がみっともねぇ、足場の悪い河原で照明機材やカメラを担いでよろよろしてやがる。こうやって見てると馬鹿みてぇだな、って、そういや、さっきから、ひとりでキックボクシングの稽古をしている人が居たり、懐から鸚哥を取り出しては犬に与えている人が居たり、さっき、少女が背にしていた橋脚には、ペンキスプレーで、「百億円進呈、仕返しいたします」「心をやさしく女教師」などと落書きしてあったり、どうも嫌な河原だな、なんて思って、虚脱していると、五郎が、「おい、これちょっと見てみろよ」と、新聞を開いて手渡すので、見ると、恨めしそうな天田はま子がこっちを睨んでいた。

「鋭利な刃物が凶器か　杉並の殺人　東京都杉並区高井戸西二丁目で一日、元、飲食店従業員、天田はま子さん（三二）が粘着テープで両手両足を縛られ、遺体で見つかった事件で、犯行に使われた凶器が、鋭利な刃物であることが、三日、警視庁杉並署の特捜本部の調べで分かった、ってなんだよ、これ」「だからはま子が殺されたんだよ」「わきゃあ、殺されたのか？」「そうなんだよ、やばいよ」「やばい？　なんでやばいんだよ」「だってそうだろ、あんた、はま子殴って、はま子が被害届出して、そいで逃げてんだぜ」「けど、俺、やってねぇ」「やってねぇけど、そら当然、疑われるよ」「冗談じゃねぇよ、なんだよ、あいつよぉ、死んでまで俺を苦しめるのかよ、馬鹿野郎、ぶっ殺す」「いや、もう死んでんだよ」「あっそうか」「とにかくよ、どうするよ？」「いずれにしても、問題は車とはま子殺しの嫌疑だな」「車かあ。あの爺ぃ、むかつくよなあ。もう滅茶苦茶だな俺たち」「まあそうだけどよぉ、考えてみりゃ、やっぱり神はいるんだな」「なんだよ、神ってよ」「だからよ、結局よぉ、はま子みてぇな極悪な野郎は、ああいう非業の最期を遂げるんだよ、な、こういうの因果応報って言うんだよ」「成る程な」って、五郎は感心して、どういう訳か、そのとき自分は、五郎にうどん部のことで嘘を言ったのを思い出した。

「俺よぉ」「なんだよ」「おめぇに、うどん部の話しただろ」「ああ」「あれ嘘なんだよ」

ってえと五郎はしばらく黙っていて、それから、「そうか、嘘か」と、言ってまた黙った。「ごめんな」「いいんだよ、別に」と言って五郎は、両手を後ろについたのであるが、直に、「ぎゃああ」と言って立ち上がった。なんだ、なんだ、って見ると、五郎が座っていた後ろに、釣り人が捨てていったのであろう、半ば乾燥し、半ば腐敗した鮒が、こんもりと堆積していて、五郎はこの鮒の山に両手を突っ込んでしまったのである。「わっちゃあ、最低だ」って五郎は、溶けた鮒エキスの付着した両手を持て余し、泣きそうになっているので、「とりあえず、これで」って、はま子の記事の載っている夕刊を渡すとそれで手を拭いて、「ぬめりが取れねぇ。手が腐る、早く何とかしてくれ」とまるで気ちがいのようになっている。何とかしろと言われても困るが、川で洗ったらどうだ、と言うと、五郎は、ああ、ああ、気色が悪いってって土壇場を下りて、流れのほうへ走っていった。しかし、ああは言ったものの川の流れ自体が汚くて、鮒のぬめりは落ちても、別の汚辱が五郎の手に付着するおそれもあるかもしれぬ、って心配になった自分は、流れのところで蹲っている五郎のところに歩いてった。そのとき、対岸から、「ひぃーひーひーひいーふぁーー」という歌らしきを歌う、馬鹿でかい声が聞こえたので、なんだ、なんだ、って見ると映画。本番の撮影が始まったらしく、カメラから少し離れたところで、髭を生やした鳩胸の男が、日傘をさして奇妙な歌を歌っているのである。五郎も手を洗うのをやめて口を開いてみている。男は、なおも、左右に首を激しく振り、「ひゃあひゃあひゃあひゃあららひゃあ」って歌いやまず、やがて、橋のほうから赤い服を着た女優が走ってきた。女は、哀切きわまりない声で、「ヘンリー」と、一声叫ぶと、この女もまた、「ひょおひょえひょややお、ひゃあひゃえおお」と、歌い出し、やがて男も女のところまで走ってくると、「ぴゅららぁぴゅららあちゅんちゅらちゅんちゅら」と歌い、男と女は抱き合って、ユニゾンで、「ひゅうひゅららひゃらひゃぴぃぴぎぃっぴぎぃっ」と歌い踊ったのであるが、その歌たるや、なんとなくオペラっぽくやろうとしているのは察せられるのだけれども、まったくのでたらめで、単なる素人のはちゃめちゃであれば、こんなにおかしくはないんだろうけれども、演技は玄人なのに、歌だけが、「ちゅんちゅらひゃひゃひゃ」なんてでたらめで、いい大人が、美しい夕日の中で真面目くさって、そんな馬鹿げたことをやっていること自体がおかしくて、爆笑また爆笑、自分と五郎は、抱き合って肩を震わせ、事情を知らぬ人が見れば、ホモの愁嘆場のような形で、涙を流してもう無茶苦茶に笑ってしまったのである。

自分は、土壇場を舞台に見立てて、俳優の真似をして、「五郎さん、ひゃらあらあらあくわぁ」と歌い、こらえきれなくなって、涙を流して笑い、五郎も、「おっオペラだってよ、あれがよ、くっくっ」と、くっの時点までは耐えるんだけれども、あとはもう爆笑で、自分たちは、撮影隊も撤収して、薄暗くなって蝙蝠《こうもり》の飛び交う河原で、「だっだめだ、とりあえず、この笑いを止めねぇと、ぷっ、ぷわっははは」「ぐぅぅ、ほんと、なんにも、でっ、できっねぇ」「くっ、苦しい、やめろ、くっ、ひひひひ」「とっ、とにかく今夜の宿を探さねぇと、きひひひひ」「くはははは」などと笑い、笑いすぎて鮒の山に転倒し、全身腐った鮒まみれになって、それでも笑いやまず、いつまでもいつまでも、ふたり、抱きあって爆笑していたのである。

解説――檸檬と大黒

三浦雅士

一九九六年、「くっすん大黒」を読んでまっさきに浮かんだ感想は、なんだこれなら自分らの感覚とそんなに違わないじゃないかということであった。そのことにいたく感動したのであった。パンク歌手というからにはまさに若い世代のどまんなかに位置するわけだろう。だけど、よく分かる。うん、やっぱり文学に年齢はない。時代はないね。そう思ったのであった。オジンの安堵じゃない。文学の安堵と言ってほしいね。ホンモノは時代を超えるのだ。そう思って、安堵ではなく、感動したのであった。

町田康は一九六二年の生まれ。自分とは十六歳違いである。「くっすん大黒」が『文學界』に掲載されたのは一九九六年。町田康、三十四歳。自分はしたがって、当時なんと五十歳！　だったわけだが、「だらしなく横になったままにやにや笑っている」五寸ばかりの金属製の大黒様に対する何とも言いようのないむかつき、怒りは、べつに何の説明の必要もなく、素直にそのまま、そりゃそうだろうと思ってしまったのである。大黒の顔すなわち五十歳の顔である。いずれにせよ、主人公の大黒へのこのこだわりは、自身への鬱屈を、じつに鮮やかに、しかもユーモラスに、そのうえ哀しく、描き出しているではないか。いやいや、そんな生ぬるいことじゃない、この「五寸ばかりの金属製の大黒様」はここでは人間存在の不条理の象徴にほかならないのだ、とさえ言いたいくらいなのだ。

なんちゅう大袈裟！　と思うだろうが、文芸評論家なんて大袈裟だけが取り柄なのである。まったく因果な商売で、どんな作品だろうが文学史のなかに的確に位置づけなければならないということになっていて、そのためには多少の読書、多少の勉強はしなければならず、読書勉強したからにはその成果を多少はひけらかして並みの人間とはちょっと違うと――ほんとは違いはしないのだが――一般読者に知らしめなければならず、その結果、物言いが大袈裟、大風呂敷になるのみならず、教師風嫌味のかたまりと思われてしまう宿命を背負っている、ほんとに哀れな存在なのであるが、その哀れの最たるところは、作品を文学史に位置づけるつまり時代に関連づけると同時に、その作品が時代を超えるつまり文学史を超えることをも示さなければならないところにあるのであって、これはつまり矛盾以外の何ものでもないのである。

だが、すぐれた作品に関しては、この矛盾以外の何ものでもないことがいとも簡単にできてしまうのである。「くっすん大黒」のみならず、「河原のアパラ」「夫婦茶碗」「人間の屑」「けものがれ、俺らの猿と」「屈辱ポンチ」そのほか、町田康の一連の作品は、文学史のひとつの流れに属すと同時に、ある普遍性を漂わせているのだ。文学史の流れということでは、町田康の作品は、太宰治を思わせ、坂口安吾を思わせ、織田作之助を思わせ、要するに無類派作家を思わせるということになっていて、たとえば太宰治の自意識過剰な口語体との根本的な類似性――勝つことに対する含羞！――などたやすく指摘できるのであって、実際、町田康自身、「死のうと思った」などという、どう考えても太宰治の「晩年」を思わせずにはおかない意味深な一語を『実録・外道の条件』なんかには忍び込ませているのである。つまり、自分でも密かにそう思っているに違いないのだ。だから、いまさら一九三〇年代の青春と一九九〇年代の青春の、その差異と反復なんぞを論じたって失笑を買うに決まっているのだが、とはいえ、失笑を買うのを承知で町田康と太宰治の作品における意識の構造を論じるくらいの蛮勇が必要なのが本来的な文芸評論家なのであって、問題があるとすればいまはそういう蛮勇を持った文芸評論家がほとんど存在しないことであり、もちろんこっちにしても残念ながらその例外ではないのだが、たとえば、日本近代文学の伝統をつらつら考えてみるに、町田康の「くっすん大黒」は梶井基次郎の「檸檬」への遠い谺《こだま》、いや完璧なパロディ、甘くせつないパロディなのである、なんて大見得を切る程度の蛮勇はあるのである。うん、やっぱり文学に年齢はない、時代はないね、なんてことを書く以上は、そのくらいのことはしておかねばならぬであらう。

そこで、「くっすん大黒」の楠木正行なる登場人物が、くだんの大黒様を、ゴミ箱代わりにされてしまったプランターのなかに置き去りにしようとする場面、すなわち、「自分は、大黒をくるんだ新聞を剝いで、いま一度置き直してみた。ところがどうもしっくりこない。他のゴミが大黒の個性を殺いでしまっているのである。そこで自分は、他のゴミを全部いったんプランターから取り出し、細心の美学的注意を払いつつ、ひとつひとつプランターに戻していった。何回かのやり直しを経て、なんとか満足できるものになったので、余ったゴミをコンビニエンスストアーの前のごみ箱に分別して捨て、完成した大黒プランターの最終チェックをしていると、」

という部分をまず引用しておいて、次に「檸檬」の、主人公が本屋の書棚の前にくだんの檸檬を置き去りにする場面、すなわち、

「『あ、さうださうだ』その時私は袂の中の檸檬を憶ひ出した。本の色彩をゴチヤゴチヤに積みあげて、一度この檸檬で試して見たら。『さうだ』／私にまた先程の軽やかな昂奮が帰つて来た。私は手当り次第に積みあげ、また慌しく潰し、また慌しく築きあげた。

新しく引き抜いてつけ加へたり、取去つたりした。奇怪な幻想的な城が、その度に赤くなつたり青くなつたりした。／やつとそれは出来上つた。そして軽く跳りあがる心を制しながら、その城壁の頂きに恐る恐る檸檬を据ゑつけた。そしてそれは上出来だつた」

という部分を引用し、いかがでござるか、と問いかけるくらいのことはしておかなければならないわけなのである。

ふーむ、確かに似とるわい。じゃが、どこかに物を置くという行為の描写が似てくるのは当然ではないか、似ているからと言って何か特別な関係があるとは限らぬではないか、という反論は当然予想されるのであって、したがって、文芸評論家としては、理論を補強するために、次にはそれぞれの小説の冒頭を並べるくらいのサーヴィスはしなければならなくなるのである。

「檸檬」の冒頭は「えたいの知れない不吉な塊が私の心を始終圧へつけてゐた。焦燥と云はうか、嫌悪と云はうか——酒を飲んだあとに宿酔があるやうに、酒を毎日飲んでゐると宿酔に相当した時期がやつて来る。それが来たのだ」である。

「くっすん大黒」の冒頭は「もう三日も飲んでいないのであって、実になんというかやれんよ。ホント。酒を飲ましやがらぬのだもの。ホイスキーやら焼酎やらでいいのだが。

あきまへんの？」であり、この独り言をなぜ呟くようになったかの説明らしいものが続き、さらに「どうも寂しいのである。なにかこう、虚しいのである」と続くのである。どうじゃ。やっぱり似とるじゃろが。生への不安と焦燥がそっくりじゃろが。

ふっふっふ。

もう「檸檬と大黒」というタイトルまで浮かんできてしまったぞ。黄色と黒だよ。大黒は金属製であって黒ではないが、とにかく大黒というくらいだから頭に浮かぶイメージのなかでは黒に決まっているのだ。どっちにしても、新鮮なくだものと金属製の大黒像である。要するに植物と鉱物なのだよ。じつに鋭い対照ではないか。おまけに、梶井基次郎の主人公は空想の犯罪者なのだが、町田康の主人公はほんとはそうでないにもかかわらず、犯罪者みたいなものとして扱われてしまうのである。これも対照的。中途で終わっているさっきの引用の次は「最終チェックをしていると、ふと視線を感じて道路の向こう側を見ると、ぴかぴかした近代的な交番があって、内部から巡査がこっちを見ているのである」と続くのであって、哀れ、主人公は交番で尋問までされてしまうのであった。

これはどういうことか。ここに対比された檸檬と大黒という対が語るのは、一九三〇年代の青春において許されていた美が、一九九〇年代の青春においてはまったく許されていないという事実なのである！

　なんちゅう大袈裟！　と思うだろうが、文芸評論家なんて大袈裟だけが取り柄なのである。片方は檸檬を爆弾のつもりで書棚の上に置く「想像のテロリスト」の話で、もう一方は、ただ金属製の大黒像を捨てにいく「無職の性格破綻者」の話ではないか、などというなかれ。「くっすん大黒」の主人公はとにかく「細心の美学的注意を払いつつ」ことを行なっているのだ。楠木正行にとっては芸術なのだ。ところが、我らが戦後民主主義的巡査にとっては、そんな「細心の美学的注意」など、問題外のソトなのである。「君、なにやってるの」なのである。個性を育てる自由な教育などと言っていて、ほんとのところ、梶井基次郎の主人公に許された想像の自由さえも現代には存在しないのですよ。自由、自由と言っているその言葉がウソなんだよ。欺瞞なんだよ。分かる？

　なんちゅう大袈裟！　なんて言ってはいけないのだ。作者にそんな意志がはたしてあったかなんて言ってもいけない。作者になくとも作品にはあるのである。だからこそ、後半に面妖な芸術家が登場するのである。自由、自由と言っているその言葉が『磔刑のタコ』のようなゲイジュツをたくさん生んだのですよ。詐欺師のような芸術家をたくさん生んだのだ。だいたい『物質と記憶展』だろうが『物質と記録展』だろうが、たいして違いはねえじゃねえか、と、この小説は、ほんとは言っているのだ。物質と記憶がホンモノで、物質と記録がニセモノだというんじゃねえ、どっちもニセモノだと言っているのだ。いや、ホンモノとニセモノの違いももうなくなってしまったと言っているのだ。そういう意味では、中年女性を集めて教祖になっている上田京一なるゲイジュツカは、これはもう立派なものじゃねえかとさえ言っているのだ。なんてったって詐欺師であることを自覚しているじゃあねえか。「あなたってファンキーでユニークね、ってぇあたしにいう人がいるけど、シャイな日本の人はあたしのこと嫌うのよ」なんていう無自覚チャアミイ――マスコミの連中のことだよ！――ばっか横行しているなかで、これはまさに出色だぜ！

そうでなければ誰が「で、自分は豆屋になろうと考えた。しかし、いったい、どうしたら豆屋になれるのであろうか」なんて言葉で小説を終えるものか。いまどきほんとの豆屋、まめまめしい豆屋なんてあるかと問うているのだよ。竿竹売りだろうが、金魚売りだろうが、八百屋だろうが、魚屋だろうが、昔は立派なものだったじゃあねえか。そもそも売り声が違っていた、売り声が。ったくもう。

むむ、楠木正行が乗り移ってきた。まあ、文芸評論家ってえのはほんとは巫女のようなものでなければならぬので、作家が乗り移ろうが、登場人物が乗り移ろうが、大いに結構なのだが、乗り移ってあまりほんとのことだけ言っていたのでは戦後民主主義的巡査に尋問されかねないので、このへんで止める。

とはいえ、ただひたすら大袈裟、大風呂敷の印象だけを与えたのではこっちもいささか気色悪い。最後に、町田康の「何でも整理したい強迫神経症」について一言しておく。もそっと緻密な話である。

町田康のエッセイ集『つるつるの壺』に「ものが斜めになっていると苛々と心落ちつかず、雑念、雲の如くに湧いて、殺人、もしくは放火、もしくはキャベジンを三十錠飲んで小人に変身し森の木陰でダンス、などをしたいような気分になる病」についてふれた箇所がある。小説家自身の病である。この病が町田康の一連の小説の核を形成していることは疑いない。引用した「くっすん大黒」の大黒像をゴミのなかに置く話だけではない。「河原のアパラ」のフォーク並びの話にしてもそうだし、「夫婦茶碗」の冷蔵庫のなかの卵の並べ方の話にしてもそうだ。町田康の創作の秘密の一端だが、たぶん梶井基次郎にしても同じだっただろう。「檸檬」を置くために本を厳密に並べ替えてゆく場面が如実にその事実を語っている。「くっすん大黒」が出て「檸檬」がいっそうよく分かるようになるというのが文学の功徳というものだが、ここではしかしそんなことを言いたいのではない。たぶん太宰治にも同じような強迫神経症があったのであって、そういう強迫神経症を描いて自分自身を笑ってみせることにおいて、町田康は、梶井基次郎よりは太宰治のほうにはるかに近いように見えるということを言っておきたいのである。

町田康の魅力のひとつがその笑いすなわちユーモアにあることは疑いない。短篇や中篇の多くがそのまま落語として通用するほどだ。だが、笑いは、本来、危機からしか生まれてこないものなのである。笑いはつねに恐怖と紙一重、深刻と紙一重なのだ。落語の名作を見よ！　笑いの現場には、かりに他人にはどんなに些細に見えようと、本人にとってはきわめて重大な危機が存在しているのであり、笑いはただその危機をどうにかこうにか回避したときにのみ生じるのである。逆に言えばだね、その危機をどうにかこうにか回避するためにどうしても必要になってくるものがこれすなわち笑いというものなのである。

ということはだね、町田康の笑いをずうっとたどってゆくと文明の危機の核心に接近してゆくことになる、ということなのだ。町田康はほんとうは現代文明という怪物に真っ向から対峙している、ということなのだ。ユーモアが冴えるのはそのせいなのだ。町田康は美へと逃げない、ただ笑いを武器に突き進むだけなのである……むむ、やはり大袈裟、大風呂敷になってしまった。

（文芸評論家）

初出誌
くっすん大黒　文學界　平成八年七月号
河原のアパラ　文學界　平成八年十二月号
単行本
くっすん大黒　平成九年三月　文藝春秋刊

文春文庫

くっすん大黒《だいこく》

定価はカバーに
表示してあります

2002年5月10日　第1刷

著　者　町《まち》田《だ》　康《こう》
発行者　白川浩司
発行所　株式会社 文藝春秋
東京都千代田区紀尾井町3-23　〒102-8008
TEL 03・3265・1211
文藝春秋ホームページ　http://www.bunshun.co.jp
文春ウェブ文庫　http://www.bunshunplaza.com

落丁、乱丁本は、お手数ですが小社営業部宛お送り下さい。送料小社負担でお取替致します。

印刷・凸版印刷　製本・加藤製本
Printed in Japan
ISBN4-16-765301-X

（　）内は解説者

有吉佐和子
青い壺
一個の青磁の壺が製作者と再会するまでに十余年。その歳月に壺が観照した人生の断面を、皮肉とユーモア溢れる絶妙の筆で生き生きと捉え、人間と壺の有為転変を鮮かに描き出す。

あ-3-4

阿佐田哲也
新麻雀放浪記
中年生まれのフレンズ
かつてバクチの世界でならした私も、すっかり中年男になってしまった。が、ふとしたきっかけで年若い友人を得て、麻雀にバカラに久しぶりに燃えた。（沢木耕太郎）
あ-7-1

赤瀬川隼
それ行けミステリーズ
恋愛と野球には、どんな策を弄してもよい――。金言どおりに年齢不問、職業多彩の男女が集った野球チームが快進撃。めざせ、草野球の王道を！　胸熱くなるユーモア長篇。（阿川佐和子）
あ-12-7

芦原すなお
松ヶ枝町サーガ
一九五八年秋、西鉄ライオンズが日本シリーズで優勝し、ぼくは十歳になった――四国の町で暮らす野球少年ツーちゃん。高度経済成長前夜の〝理想の少年時代〟を描く連作集。（畑中　純）
あ-35-1

浅田次郎
月のしずく
きつい労働と酒にあけくれる男の日常に舞い込んだ美しい女。出会うはずのない二人が出会う時、癒しのドラマが始まる――表題作ほか「銀色の雨」「ピエタ」など全七篇収録。（三浦哲郎）
あ-39-1

五木寛之
青年は荒野をめざす
ぼくらにとって音楽とは何か？　セックスとは？　放浪とは？　燃焼する人生を求め、トランペットかかえて荒野をめざす青年ジュンの痛快無類のヨーロッパ冒険旅行。（木本　至）
い-1-1

（　）内は解説者

蒼ざめた馬を見よ
五木寛之

近来まれに見るサスペンスドラマと評された直木賞受賞作ほか「赤い広場の女」「バルカンの星の下に」「弔いのバラード」「天使の墓場」など、渾身の短篇五篇。（佃　実夫）

い-1-2

青葉繁れる
井上ひさし

著者の精神的故郷である仙台で、少年時代に妄想ばかりしていた男の思想的半自叙伝を、すべての権威を相対化してしまうパロディ意識で描いた愉快な青春小説。（長部日出雄）

い-3-1

手鎖心中
井上ひさし

他人を笑わせ、他人に笑われ、そのために死ぬほど絵草紙作者になりたいと願っている若旦那のありようを洒落のめした直木賞受賞作に加え、「江戸の夕立ち」を収録。（百目鬼恭三郎）

い-3-3

マリコ／マリキータ
池澤夏樹

南の島で出会った風のように自由なマリコを、若者はつかまえることができるのか。「マリコ／マリキータ」「梯子の森と滑空する兄」「アップリンク」「冒険」「帰ってきた男」収録。（沼野充義）

い-30-1

南の島のティオ
池澤夏樹

南の島に住む少年ティオが出会う人々との不思議な出来事を中心に、つつましさのなかにも精神的な豊かさに溢れた島の暮らしを爽やかに描く連作短篇集。小学館文学賞受賞作。（神沢利子）

い-30-2

骨は珊瑚、眼は真珠
池澤夏樹

旅をかさね、人と世界を透徹した目で見すえ、しなやかな文体で描きつづける著者の九〇年代前半の短篇集。『眠る女』『アステロイド観測隊』『北への旅』『眠る人々』『パーティー』ほか。（三浦雅士）

い-30-4

文春文庫

エンタテインメント

（　）内は解説者

池上永一

バガージマヌパナス
わが島のはなし

「この島は怠け者を愛してくれるから自分はここで死ぬまで楽をするつもりだ」ガジュマルの樹の下で呟く美少女綾乃が聞いた神様の御告げとは……。日本ファンタジーノベル大賞受賞作。

い-39-1

池上永一

風車祭《カジマヤー》

島を彷徨う少女の魂に恋した少年、九十七歳の生年祝い＝風車祭を迎えようとするオバァ、そして島を襲う危機。沖縄を舞台に生命力とユーモアに満ちた壮大なファンタジー。（与那原　恵）

い-39-2

池上司

雷撃深度一九・五

密命を帯びた米重巡洋艦インディアナポリスをグアム―レイテ線上で撃沈すべく待ち受ける海軍伊号第五八潜水艦。太平洋戦争における艦艇同士の最後の闘いが開始された。（香山二三郎）

い-45-1

石田衣良

池袋ウエストゲートパーク

刺す少年、消える少女、潰し合うギャング団……命がけのストリートを軽やかに疾走する若者たちの現在を、クールに鮮烈に描いた大人気シリーズ第一弾。表題作の他三篇収録。（池上冬樹）

い-47-1

海老沢泰久

監督

万年最下位に甘んじていたエンゼルスを日本一のチームに作りあげた監督広岡達朗は常勝ジャイアンツに対して怨念ともいえる激しい闘志を燃え立たせた。野球小説の傑作。（山口　瞳）

え-4-6

逢坂剛

水中眼鏡《ゴーグル》の女

精神科医の前に現れた女は黒く塗った水中眼鏡を決して取らなかった。瞼を開くと激痛が走るという。他に心理の暗がりを衝く「ペンテジレアの叫び」「悪魔の耳」を収める。（戸川安宣）

お-13-1

（ ）内は解説者

真夏の葬列
北方謙三

二人の青年が死んだ女の故郷の海をめざしてひたすらに車を走らせる。愚かな、不条理とさえいえる行為、それが青春である。男の友情を描くハードボイルド長篇。 （岡庭 昇）

き-7-1

やがて冬が終れば
北方謙三

獣はいるのか。ほんとうに、自分の内部で生き続けてきたのか。私自身が獣だった。昔はそうだった。私の内部の獣が私になり、私が獣になっていた。ハードロマン衝撃作。 （生江有二）

き-7-2

一日だけの狼
北方謙三

ひたすら人の心の荒野へ向う写真家のファインダーに人生の何が映し出されるのか。一瞬のシャッターに賭けた男の過去の傷を抒情豊かに描きあげた新境地を拓く連作短篇集。 （今野 敏）

き-7-3

二月二日ホテル
北方謙三

過去にこだわりながらシャッターを押し続けるカメラマンの眼に、無彩色に映る人生のアラベスク。男に、安らぎの場所はあるのか。望月カメラマンシリーズ、第二弾！ （坂東齢人）

き-7-4

わが叫び遠く
北方謙三

貨物船の横転事故で電子機器の不正輸出が発覚。身代わりとして実刑判決を受けた出向社員和田はその屈辱を武器に凄まじい復讐に燃えた。ハードボイルドの傑作長篇小説。 （細谷正充）

き-7-5

封印
黒川博行

大阪中のヤクザが政治家をも巻き込んで探している〝物〟とは何なのか。事件に巻き込まれた元ボクサーの釘師・酒井は、恩人の失踪を機に立ち上がった。長篇ハードボイルド。 （酒井弘樹）

く-9-4

（　）内は解説者

車谷長吉
赤目四十八瀧心中未遂
「私」はアパートの一室でモツを串に刺し続けた。女の背中一面には迦陵頻伽の刺青があった。ある日、女は私の部屋の戸を開けた——。情念を描き切る話題の直木賞受賞作。（川本三郎）
く-19-1

幸田真音
傷 邦銀崩壊（上下）
先送りされる不正、闇に膨らむ巨額の損失。恋人の死をきっかけに彼の勤め先の邦銀の調査をすすめる州波は、驚愕の真相を掴んだが……。元外資系ディーラーが描く迫真の金融サスペンス。
こ-25-1

佐野洋
四千文字ゴルフクラブ
コンペの日にちを間違えた男（「練習ラウンド」）。部下の査定をキャディーに頼む上司の思惑（「猪突猛進《ショートカット》」）。グリーン上に散らばる様々な人生を描く魅惑の27ホール（27話）。（伊集院　静）
さ-3-22

佐藤亜紀
1809 ナポレオン暗殺
舞台は一八〇九年、フランス占領下のウィーン。フランス工兵大尉パスキは、ウストリツキ公爵の企むナポレオン暗殺計画に巻き込まれる。精緻に描き上げた本格西洋史小説。（福田和也）
さ-32-1

佐藤亜紀
バルタザールの遍歴
一つの肉体を共有する双子、バルタザールとメルヒオールは、ナチス台頭のウィーンを逃れ、転落の道行きを辿る。日本ファンタジーノベル大賞に輝いた、歴史幻想小説の傑作。（池内　紀）
さ-32-2

酒見賢一
語り手の事情
ヴィクトリア朝の英国。性妄想を抱いた紳士だけが招待される謎の屋敷で、日ごと夜ごと繰り広げられる奇怪な性の饗宴。鬼才が本領を発揮した怪作登場！（佐藤亜紀）
さ-34-1

文春文庫

エンタテインメント

（　）内は解説者

胃袋を買いに。
椎名誠

去年死んだ母が〝盆戻り〟で家に帰ってきた。突然、すべての文字が見えなくなった。超常異常が起こるのだ！「胃袋を買いに。」「猫舐祭」「八灘海岸」「家族陥没」他七篇。（和田　誠）

し-9-4

ハマボウフウの花や風
椎名誠

初めて女に書いた手紙、ケンカに明け暮れた少年時代、アヒルと暮した湖畔の夏……二度とない季節を描く短篇集。――表題作の他、「倉庫作業員」『皿を洗う』『三羽のアヒル』『温泉問題』『脱出』。

し-9-5

トロッコ海岸
椎名誠

少年時代。輝かしく懐かしい〝ぼくらの時〟をさまざまな手法で描く、満開シーナ・ワールド！――表題作の他、「ほこりまみれ」「ポウの首」「殺人との接近」「映写会」など十篇。（池上冬樹）

し-9-10

黄金時代
椎名誠

はじめて人を殴ったのは中学三年の春――。喧嘩。青春の輝きと苦悩が弾けとぶ瞬間！　恋が、友情が、男としての自我が芽生える季節を清冽に描ききった青春文学の傑作。（池上冬樹）

し-9-15

ムイミダス
清水義範

イヤミな新語に対応するための「超・新語辞典」を筆頭に、アヤしい人名、懐かしの風俗、架空の地名まで全部、茶化して笑って解説する、辞書と事典のパスティーシュ。爆笑必至版。

し-27-3

バールのようなもの
清水義範

ニュースでよく耳にする〝バールのようなもの〟って何だろう？テッテー的に追究してみた表題作、「秘密倶楽部」「役者語り」「山から都へ来た将軍」「新聞小説」他七篇収録。（香山二三郎）

し-27-6

文春文庫

エンタテインメント

（　）内は解説者

その細き道
高樹のぶ子

友情や信頼、無償無私の行為……人を深く揺り動かす人間の美質を青春の試練の中、ひたむきに生きる若者の恋愛を通して描く青春文学の佳篇。表題作の他「遠すぎる友」「追い風」。（饗庭孝男）

た-8-1

波光きらめく果て
高樹のぶ子

燃え、焦がれ、そして……。欲するままにひとを愛し、堕ちながらなお輝きつづける。過去を振り返らない女のはかなさと悲哀が共感を呼んだ長篇恋愛小説。「土の旅人」併録。（饗庭孝男）

た-8-2

花嵐の森ふかく
高樹のぶ子

おてんばで曲がったことが大嫌い。荒波にもまれながら編集者として生きる山根さつきを突如襲った恋の嵐。現代版女坊ちゃんが身も心も自立していく姿をえがく爽快長篇。（寺久保友哉）

た-8-3

寒雷のように
高樹のぶ子

かつて韓国青年の面倒を見ていた祖父。青年に魅かれていった若き日の母。時は流れ、遠来の客は少女に母の青春のかげりを明らかにしてゆく。「麦、さんざめく」「残光」併録。（島弘之）

た-8-4

ブラックノディが棲む樹
高樹のぶ子

母の葬儀で突然に感じた強烈な官能。逃れるように訪れた南の海の底で私は奇妙な世界に迷いこむ。表題作の他、女たちの姿を豊かな物語で紡ぐ。「花標《はなしるべ》」「海の神様」など全五篇。（北上次郎）

た-8-5

熱い手紙
高樹のぶ子

懐かしくも、どこかやましく気恥ずかしい、しかし輝きに満ちていた六〇年代末に育まれた著者が、青春、恋、文学と全力で駆けぬけた二十年間を率直に語る第一エッセイ集。（村松友視）

た-8-6

（　）内は解説者

銀河の雫《しずく》
高樹のぶ子
53歳のテレビ局長と45歳のバイオリニスト、45歳の医師と28歳の水泳教師。中年の愛は家族の絆をどう変えるか。愛し、傷つけ、いたわり合う二組の男女を、それぞれの立場から描く長篇。
た-8-7

熱
高樹のぶ子
新聞記者と生物の高校女教師の結婚生活は、夫の不倫で破綻したが、六年ぶりで再会した二人は恋の発熱のように激しく求め合う。現代の究極の愛と官能を追求した問題作。（川西政明）
た-8-8

水脈
高樹のぶ子
別離、再会、愉楽と切なさ。そして死……。水に始まり水に還る官能と夢幻のアクア・ファンタジー、「裏側」「消失」「還流」「節穴」など身近な素材から飛翔した連作十篇。女流文学賞受賞。
た-8-9

白い光の午後
高樹のぶ子
彼女は正常なのか、異常なのか。心中で生き残った女性と、死んだ男の身代わりとして彼女を愛した男との奇妙な関係。此岸と彼岸で揺れる恋愛と、生と死の哀しみを問う傑作。（川西政明）
た-8-10

女の部屋
立原正秋
酒と女とばくちと喧嘩に明け暮れている文学青年の青春放浪を描きながら、立原文学の暴力の主題を十二分に展開させた長篇。残酷さの中に清冽さが流れている。（百目鬼恭三郎）
た-1-3

きぬた
立原正秋
三島にある臨済宗の寺に嫁いだ縫のまわりの男たち。夫に顧みられなくなって仏教にすがる妻。現代のマンションと中世的寺院での性的風景を交錯させせつつ男の典型を描く。（入江隆則）
た-1-4